畢璞全集・散文・九

冷眼看人生

【推薦序一】

老樹春深更著花

封德屏

一九八六年四月，畢璞應《文訊》雜誌「筆墨生涯」專欄邀稿，發表〈三種境界〉一文，她在文末寫道：

這種職業很適合我這類沉默、內向、不善逢迎、不擅交際的書呆子型人物，我很高興我當年選擇了它。我既沒有後悔自己走上寫作這條路，又說過它是一種永遠不必退休的行業；那麼，看樣子，我是注定了此生還是要與筆墨為伍了。

畢璞自知甚深，更有定力付之行動，近三十年來她持續創作，陸續出版了數本散文、小說、自選集；三年前，為了迎接將臨的「九十大壽」，她整理近年發表的文章，出版了散文集

《老來可喜》。年過九十後，創作速度放緩，但不曾停筆。二〇〇九年元月《文訊》創辦的「銀光副刊」，至今刊登畢璞十二篇文章，上個月（二〇一四年十一月），她在「銀光副刊」發表了短篇小說〈生日快樂〉，此外，也仍偶有文章發表於《中華日報》副刊。畢璞用堅毅無悔的態度和纍纍的創作成果，結下她一生和筆墨的不解之緣。

一九四三年畢璞就發表了第一篇作品，五〇年代持續創作，創作出版的高峰集中在六〇、七〇年代。一九六八年到一九七九年是她作品的豐收期，這段時間有時一年出版三、四本，甚至五本。早些年，她是編寫雙棲的女作家，曾主編《大華晚報》家庭版、《公論報》副刊、《徵信新聞報》家庭版，並擔任《婦友月刊》總編輯，八〇年代退休後，算是全心歸回到自適自在的寫作生涯。

真摯與坦誠是畢璞作品的一貫風格。散文以抒情為主，用樸實無華的筆調去謳歌自然，讚頌生命；小說題材則著重家庭倫理、婚姻愛情。中年以後作品也側重理性思考與社會現象觀察。畢璞曾自言寫作不喜譁眾取寵、不造新僻字眼，強調要「有感而發」，絕不勉強造作。

畢璞生性恬淡，除了抗戰時逃難的日子，以及一九四九年渡海來台的一段艱苦歲月外，自認大半生風平浪靜。「淡泊名利，寧靜無為」是她的人生觀，讓她看待一切都怡然自得。雖然前後在報紙雜誌社等媒體工作多年，一九五五年也參加了「中國婦女寫作協會」，可能如她自己所言「個性沉默、內向，不擅交際」，多年來很少現身文壇活動。像她這樣一心執著於創作的人和其作品，在重視個人包裝、形象塑造，充斥各種行銷手法的出版紅海中，很容易會被湮沒遺忘。

然而，這位創作廣跨小說、散文、傳記、翻譯、兒童文學各領域，筆耕不輟達七十餘年的資深作家，冷月孤星，懸長空夜幕，環視今之文壇，可說是鳳毛麟角，珍稀罕見。在人們華服高軒、闊論清議之際，九三高齡的她，老樹春深更著花，一如往昔，正俯首案頭，筆尖不斷流淌出款款深情，如涓涓流水，在源遠流長的廣域，點點滴滴灌溉著每一寸土地。

感謝秀威資訊科技股份有限公司，在文學出版業益顯艱辛的此刻，奮力完成「畢璞全集」二十七冊的巨大工程。不但讓老讀者有「喜見故人」的驚奇感動，也讓年輕一代的讀者，有機會可以在快樂賞讀中，認識畢璞及其作品全貌。我們也希望透過文學經典這樣的再現與傳承，向這位永遠堅持創作的作家，表達我們由衷的尊崇與感謝之意。

民國一〇三年十二月

（封德屏：現任文訊雜誌社社長兼總編輯、臺灣文學發展基金會執行長、紀州庵文學森林館長。）

【推薦序二】

老來可喜話畢璞

吳宏一

一

上星期二（十月七日），我有事到《文訊》辦公室去。事畢，封德屏社長邀我去參觀她們蒐集珍藏的期刊。看到很多民國五、六十年前後風行文壇的文藝刊物，目前多已停刊，不勝嗟嘆。《暢流》、《自由青年》、《文星》等我投過搞、發表過創作的刊物不說，連一些當時發行不廣的小刊物，她們也多有蒐集。其用心之專、致力之勤，實在不能不令人讚嘆。於是我向她提起我高中以迄大學時期文學起步的一些往事，中間提到若干文藝刊物和若干文壇前輩對我的鼓勵和影響。其中特別提到我大學一年級，民國五十年的秋天，剛進入台大中文系讀書時所認識的一些前輩先進。像當時住在濟南路的紀弦，住在廈門街的余光中，住在南昌街菸酒公賣局宿舍的羅悟緣，住在安東市場旁的羅門、蓉子……我都曾經一一去走訪，謝謝他們採用或推薦過我的作品。過程歷歷在目，至今仍記憶猶新。比較特別的是，去新生南路夜訪覃子豪時，還遇見過魏子雲；去峨嵋街救國團舊址見程抱南、鄧禹平時，還順道去《公論報》探訪副刊主編畢璞……。

一提到畢璞，德屏立即接了話，說「畢璞全集」目前正編印中，問我願不願意為她「全集」寫個序言。我答：寫序不敢，但對我文學起步時曾經鼓勵或提攜過我的前輩，我非常樂意寫紀念性的文字。不過，我也同時表示，我與畢璞五十多年來，畢竟才見過兩三次面，她的作品我讀得並不多，要寫也得再讀讀她的生平著作，而且也要她還記得我，對往事有些共同的記憶才好。所以我建議，請德屏代問畢璞兩件事：一是她記不記得在我大一下學期（民國五十一年春），她和另一位女作家到台大校園參觀之事；二是她在主編《婦友》月刊期間，記不記得曾經約我寫過詩歌專欄。

德屏說好。第二日早上十點左右，畢璞來了電話，客氣寒暄之後，告訴我：她記得她和鍾麗珠早年曾到台大校園和我見過面，但對於《婦友》約我寫專欄之事，則毫無印象。她知道我沒有讀過她的作品集，說要寄兩三本來，又知道我怕她年老行動不便，改口說，要不然，幾天內如果我能抽空，就煩請德屏陪我去內湖看她，由她當面交給我，同時可以敘敘舊、聊聊天。

我當然贊成。我已退休，時間容易調配，只不知德屏事務繁忙，能不能抽出空暇。想不到與德屏聯絡後，當天下午，就由《文訊》編輯吳穎萍小姐聯絡好，約定十月十日下午三點一起去見畢璞。

二

十月十日國慶節，下午三點不到，我就如約搭文湖線捷運到葫洲站一號出口等。不久，德屏與穎萍來了。德屏領先，走幾分鐘路，到康寧老人安養中心去見畢璞。途中德屏說，畢璞雖然年逾九旬，行動有些不便，但能以歡樂的心情迎接老年，不與兒孫合住公寓，怕給家人帶來不便，所以獨居於此，雇請菲傭照顧，生活非常安適。我聽了，心裡也開始安適起來，覺得她是一個慈藹安詳而有智慧的長者。

見面之後，我更覺安適了。記得我第一次見到畢璞，是民國五十年的秋冬之際，在西門町附近康定路的一棟木造宿舍裡，居室比較狹窄；畢璞當時雖然親切招待，但總顯得態度拘謹。相隔五十三年，畢璞現在看起來，腰背有點彎駝，耳目有些不濟，但行動尚稱自如，面容聲音卻似乎數十年如一日，沒有什麼明顯的變化。如果要說有變化，那就是變得更樸實自然，沒有絲毫的窘迫拘謹之感。

由於德屏的善於營造氣氛、穿針引線，由於穎萍的沉默嫻靜，只做一個忠實的旁聽者，那天下午，我和畢璞有說有笑，談了不少往事，讓我恍如回到五十三年前的青春年代。那時候，我才十八歲，剛考上台大中文系，剛到陌生而充滿新鮮感的臺北，常投稿報刊雜誌，常拜訪前輩作家。有一天，我到西門町峨嵋街救國團去領新詩比賽得獎的獎金，順道去附近的《聯合報》和《公論報》社。我到《公論報》社問起副刊主編畢璞，說明我常有作品發表，就有人給了我她家的住址。距離報社不遠，在成都路、西門國小附近。那時候我年輕不懂事，大家也少用電話，所以就直接登門造訪了。見面時談話不多，記憶中，畢璞說過她先生也在《公論報》上班，她如何編副刊，還有她兒子正讀師大附中，希望將來也能考上台大等。辭別時，畢璞說了一句，聽說台大校園春天杜鵑花開得很盛很好看。我謹記這句話，所以第二年的春天，投稿信中附帶留言，歡迎她跟朋友來台大校園玩。就因為這樣，畢璞和鍾麗珠在民國五十一年的春季，相偕來參觀台大校園。

確切的日期記不得了。畢璞說連哪一年她都不能確定。我翻開我隨身帶來送她的光啟版散文集《微波集》，指著一篇〈鄉愁〉後面標明的出處，民國五十一年四月二十七日發表於《公論副刊》。經此指認，畢璞稱讚我的記性和細心，而且她竟然也記起了當天逛傅園後，我請她們到福利社吃牛奶雪糕的往事。

很多人都說我記憶力強，但其實也常有模糊或疏忽之處。例如那一天下午談話當中，我提起雨中路過杭州南路巧遇《自由青年》主編呂天行，以及多年後我在西門町日新歌廳前再遇見他，聽他告訴我「驚天大祕密」的時候，確實的街道名稱，我就說得不清不楚，更糟糕的是，畢璞再次提起她主編《婦友》月刊的期間，真不記得邀我寫過專欄。一時間，我真無辭以對。當事人都這麼說了，我該怎麼解釋才好呢？好在我們在談話間，曾提及王璞、呼嘯等人，似乎又給了我重拾記憶的契機。

我私下告訴德屏，《婦友》確實有我寫過的詩歌專欄，雖然事忙只寫了幾期，但這些文章後來都曾收入我的《先秦文學導讀・詩辭歌賦》和《從詩歌史的觀點選讀古詩》等書中，白紙黑字，騙不了人的。會不會畢璞記錯，或如她所言不在她主編的期間別人約的稿呢？

那天晚上回家後，我開始查檢我舊書堆中的期刊，找不到《婦友》，卻找到了王璞主編的《新文藝》和呼嘯主編的《青年日報》副刊剪報。他們都曾約我寫過詩詞欣賞專欄，印象中有一個與《婦友》大約同時。尋檢結果，查出連載的時間，《新文藝》是民國七十一年，《青年日報》則是民國七十七年。到了十月十二日，再比對資料，我已經可以推定《婦友》刊登我詩歌專欄的時間，應該是在民國七十七年七、八月間。

十月十三日星期一中午，我打電話到《文訊》找德屏，她出差不在。我轉請秀卿代查，傍晚她回覆，已在《婦友》民國七十七年七月至十一月號，找到我所寫的〈古歌謠選講〉，當時的總編輯就是畢璞。事情至此告一段落。記憶中，是一次作家酒會邂逅時畢璞約我寫的。寫了幾期，因為事忙，又遇畢璞調離編務，所以專欄就停掉了。這本來就是小事一樁，無關宏旨，豁達的畢璞不會在乎這個的，只不過可以證明我也「老來可喜」，記憶尚可而已。

三

「老來可喜」，是畢璞當天送給我看的兩本書，其中一本散文集的書名，語出宋代詞人朱敦儒的〈念奴嬌〉詞。另外一本是短篇小說集，書名《有情世界》。根據書後所附的作品目錄，原來畢璞的作品集，已出三、四十本。她挑選這兩本送我看，應該有其用意吧。看《老來可喜》這本散文集，可知她的生平大概；看《有情世界》這本短篇小說集，則可知她的小說特色所在。初讀的印象，她的作品，無論是散文或小說，從來都不以技巧取勝，就像她的筆名一樣，是未經琢磨的玉石，內蘊光輝，表面卻樸實無華，然而在樸實無華之中，卻又表現出一個共同的主題。一言以蔽之，那就是「有情世界」。其中有親情、愛情、人情味以及生活中的情趣。因此，讀來特別溫馨感人，難怪我那罕讀文藝創作的妻子，也自稱是她的忠實讀者。

讀畢璞《老來可喜》這本散文集，可以從中窺見她早年生涯的若干側影，以及她自民國三十八年渡海來台以後的生活經歷。其中寫親情與友情，敘事中寓真情，雋永有味，誠摯而動人。寫懷才不遇的父親，寫遭逢離亂的家人，寫志趣相投的文友，娓娓道來，真是扣人心弦。

其中〈西門懷舊〉一篇，寫她康定路舊居的一些生活點滴，更讓我玩味再三。即使寫她身邊瑣事的小小感觸，寫愛書成癡，愛樂成癡，寫愛花愛樹，看山看天，也都能使我們讀者體會到「生命中偶得的美」，享受到「小小改變，大大歡樂」。「生命中偶得的美」和「小小改變，大大歡樂」，正是她文集中的篇名。我們還可以發現，身經離亂的畢璞，涉及對日抗戰、國共內戰的部分，著墨不多，多的是「此身雖在堪驚」，「老來可喜，是歷遍人間，諳知物外」。這也正是畢璞同一時代大多婦女作家的共同特色。

讀《有情世界》這本小說集，則可發現：畢璞散文中寫得比較少的愛情題材，都寫進小說裡了。畢璞說過，小說是她的最愛，因為可以滿足她的想像力。讀完這十六篇短篇小說，我們確實可以發現，她的小說採用寫實的手法，勾勒一些時代背景之外，重在探討人性，敘寫一些有情有義的故事。特別是愛情與親情之間的矛盾、衝突與和諧。小說中的人物和故事，有真有假，「真」的往往是根據她親身的經歷，「假」的是虛構，是運用想像，無中生有塑造出來的。她把它們揉合在一起，而且讓自己脫離現實世界，置身其中，成為小說中人。

因此，我讀畢璞的短篇小說，覺得有的近乎散文。尤其她寫的書中人物，大都是我們城鎮小市民日常身邊所見的男女老少，故事題材也大都是我們城鎮小市民幾十年來所共同面對的移民、出國、旅遊、探親等話題。或許可以這樣說，較之同時渡海來台的作家，畢璞寫的小說，罕有激情奇遇，缺少波瀾壯闊的場景，也沒有異乎尋常的角色，既沒有朱西甯、司馬中原筆下的鄉野氣息，也沒有白先勇筆下的沒落貴族，一切平平淡淡的，可是就在平淡之中，卻能給人親近溫馨之感。表面上看，她似乎不講求寫作技巧，但仔細觀察，她其實是寓絢爛於平淡。像〈生命共同體〉一篇，寫范士丹夫婦這對青梅竹馬的患難夫妻，到了老年還為要不要移民美國而引起衝突，高潮迭起，正不知作者要如何收場，這時卻見作者藉描寫范士丹的一些心理活動，利用廚房下麵一個小情節，就使小說有個圓滿的結局，而留有餘味。〈春夢無痕〉一篇，寫梅湘退休後，到香港旅遊，在半島酒店前香港文化中心，竟然遇見四十多年前四川求學時代的舊情人冠倫。四十多年來，由於人事變遷，兩岸隔絕，二人各自男婚女嫁，都已另組家庭，正不知作者要如何安排後來的情節發展，這時卻見作者利用梅湘的一段心理描寫，也就使小說有個出人意外而又合乎自然的結尾，不會予人突兀之感。這些例子，說明了作者並非不講表現藝術，只是她運用寫作技巧時，合乎自然，不見鑿痕而已。所以她的平淡自然，不只是平淡自然，而是別有繫人心處。

四

畢璞同時的新文藝作家，有三種人給我的印象特別深刻。一是軍中作家，以寫新詩和小說為主，強調創新和現代感；二是婦女作家，以寫散文為主，多藉身邊瑣事寫人間溫情；三是鄉土作家，以寫小說和遊記為主，反映鄉土意識與家國情懷。這是二十世紀五、六十年代前後臺灣新文藝發展史上的一大特色。這三類作家的風格，或宏壯，或優美，雖然成就不同，但套用王國維的話說，都自成高格，自有名句，境界雖有大小，卻不以是分優劣。因此有人嘲笑婦女作家多只能寫身邊瑣事和生活點滴，那是學文學的人不該有的外行話。

畢璞當然是所謂婦女作家，她寫的散文、小說，攏總說來，也果然多寫身邊瑣事，或者說，多藉身邊瑣事寫溫暖人間和有情世界。但她的眼中充滿愛，她的心中沒有恨，所以她的筆端流露出來的，每一篇作品都像春暉薰風，令人陶然欲醉；情感是真摯的，思想是健康的，真的適合所有不同階層的讀者。

一般而言，人老了，容易趨於保守，失之孤僻，可是畢璞到了老年，卻更開朗隨和，更為豁達，就像玉石，愈磨愈亮，愈有光輝。她特別欣賞宋代詞人朱敦儒的「老來可喜」那首〈念奴嬌〉詞。她很少全引，現在補錄如下：

老來可喜，是歷遍人間，諳知物外。
看透虛空，將恨海愁山，一時挼碎。
免被花迷，不為酒困，到處惺惺地。
飽來覓睡，睡起逢場作戲。

休說古往今來，乃翁心裡，沒許多般事。
也不蘄仙不佞佛，不學栖栖孔子。
懶共賢爭，從教他笑，如此只如此。
雜劇打了，戲衫脫與獃底。

朱敦儒由北宋入南宋，身經變亂，歷盡滄桑，到了晚年，勘破世態人情，不但主張不學栖栖皇皇的孔子，說什麼經世濟物，而且也認為道家說的成仙不死，佛家說的輪迴無生，都是虛妄的空談，不可採信。所以他自稱「乃翁」，說你老子懶與人爭，管它什麼古今是非，說人生在世，就像扮演一齣戲一樣，各演各的角色，逢場作戲可矣，何必惺惺作態，說什麼愁呀恨呀。一旦自己的戲份演完了，戲衫也就可以脫給別的傻瓜繼續去演了。這首詞表現的人生觀，雖然豁達，卻有些消極。這與畢璞的樂觀進取，對「有情世界」處處充滿關懷，是不相契的。我想畢璞喜愛它，應該只愛前面的幾句，所以她總不會引用全文，有斷章取義的意思吧。

畢璞《老來可喜》的自序中，說西方人把老年分成三個階段：從六十五歲到七十五歲是「初老」，從七十六歲到八十五歲是「老」，八十六歲以上是「老老」；又說「初老」的十年是人生最美好的黃金時期，不必每天按時上班，兒女都已長大離家，內外都沒有負擔，沒有工作壓力，智慧已經成熟，人生已有閱歷，身體健康也還可以，不妨與老伴去遊山玩水，或抽空去學習一些新知，以趕上時代。想做什麼就做什麼，豈非神仙一般。畢璞說得真好，我與內子現在正處於「初老」的神仙階段，也同樣覺得人間有情，處處充滿溫暖，這幾天讀畢璞的書，益發覺得「老來可喜」，可喜者三：老來讀畢璞《老來可喜》，一也；不久之後，可與老伴共讀「畢璞全集」，二也；從今立志寫自己不像傳記的傳記，彷彿回到自己的青春時期，三也。

民國一〇三年十月十五日初稿

（吳宏一：學者，作家，曾任臺灣大學中文系教授、香港中文大學中文系、香港城市大學中文、翻譯及語言學系講座教授，著有詩、散文、學術論著數十種。）

【自序】
長溝流月去無聲——七十年筆墨生涯回顧

畢璞

「文書來生」這句話語意含糊，我始終不太明瞭它的真義。不過這卻是七十多年前一個相命師送給我的一句話。那次是母親找了一位相命師到家裡為全家人算命。我從小就反對迷信，痛恨怪力亂神，怎會相信相士的胡言呢？當時也許我年輕不懂，但他說我「文書來生」卻是貼切極了。果然，不久之後，我就開始走上爬格子之路，與書本筆墨結了不解緣，迄今七十年，此志不渝，也還不想放棄。

從童年開始我就是個小書迷。我的愛書，首先要感謝父親，他經常買書給我，從童話、兒童讀物到舊詩詞、新文藝等，讓我很早就從文字中認識這個花花世界。父親除了買書給我，還教我讀詩詞、對對聯、猜字謎等，可說是我在文學方面的啟蒙人。小學五年級時年輕的國文老師選了很多五四時代作家的作品給我們閱讀，欣賞多了，我對文學的愛好之心頓生，我的作文成績日進，得以經常「貼堂」（按：「貼堂」為粵語，即是把學生優良的作文、圖畫、勞作等掛在教室的牆壁上供同學們觀摩，以示鼓勵）。六年級時的國文老師是一位老學究，選了很多古文做教材，使我有機會汲取到不少古人的智慧與辭藻；這兩年的薰陶，我在不知不覺中變成了文學的死忠信徒。

上了初中，可以自己去逛書店了，當然大多數時間是看白書，有時也利用僅有的一點點零用錢去買書，以滿足自己的書癮。我看新文藝的散文、小說、翻譯小說、章回小說……簡直是博覽群書，卻生吞活剝，一知半解。初一下學期，學校舉行全校各年級作文比賽，小書迷的我得到了初一組的冠軍，獎品是一本書。同學們也送給我一個新綽號「大文豪」。上面提到高小時作文「貼堂」以及初一作文比賽第一名的事，無非是證明「小時了了，大未必佳」，更彰顯自己的不才。

高三時我曾經醞釀要寫一篇長篇小說，是關於浪子回頭的故事，可惜只開了個頭，後來便因戰亂而中斷，這是我除了繳交作文作業外，首次自己創作。

第一次正式對外投稿是民國三十二年在桂林。我把我們一家從澳門輾轉逃到粵西都城的艱辛歷程寫成一文，投寄《旅行雜誌》前身的《旅行便覽》，獲得刊出，信心大增，從此奠定了我一輩子的筆耕生涯。

來台以後，一則是為了興趣，一則也是為稻粱謀，我開始了我的爬格子歲月。早期以寫小說為主。那時年輕，喜歡幻想，想像力也豐富，覺得把一些虛構的人物（其實其中也有自己和身邊的人的影子）編出一則則不同的故事是一件很有趣的事。在這股原動力的推動下，從民國四十年左右寫到八十六年，除了不曾寫過長篇外（唉！宿願未償），我出版了兩本中篇小說、十四本短篇小說、兩本兒童故事。另外，我也寫散文、雜文、傳記，還翻譯過幾本英文小說。到民國一〇一年，我總共出版過四十種單行本，其中散文只有十二本，這當然是因為散文字數少，不容易結集成書之故。至於為什麼從民國八十六年之後我就沒有再寫小說，那是自覺年齡大了，想像力漸漸缺乏，對世間一切也逐漸看淡，心如止水，失去了編故事的浪漫情懷，就洗手不幹了。至於散文，是以我筆寫我心，心有所感，形之於筆墨，抒情遣性，樂事一樁也，為什麼放棄？因而不揣譾陋，堅持至今。慚愧的是，自始至終未能寫出一篇令自己滿意的作品。

為了全集的出版，我曾經花了不少時間把這批從民國四十五年到一百年間所出版的單行本四十種約略瀏覽了一遍，超過半世紀的時光，社會的變化何其的大：先看書本的外貌，從粗陋的印刷、拙劣的封面設計、錯誤百出的排字；到近年精美的包裝、新穎的編排，簡直是天淵之別。由此也可以看得出臺灣出版業的長足進步。再看書的內容：來台早期的懷鄉、對陌生土地的神奇感、言語不通的尷尬等；中期的孩子成長問題、留學潮、出國探親；到近期的移民、空巢期、第三代出生、親友相繼凋零……在在可以看得到歷史的脈絡，也等於半部臺灣現代史了。

坐在書桌前，看看案頭成堆成疊或新或舊的自己的作品，為之百感交集，真的是「長溝流月去無聲」，怎麼倏忽之間，七十年的「文書來生」歲月就像一把把細沙從我的指間偷偷溜走了呢？

本全集能夠順利出版，我首先要感謝秀威資訊科技股份有限公司宋政坤先生的玉成。特別感謝前台大中文系教授吳宏一先生、《文訊》雜誌社長兼總編輯封德屏女士慨允作序。更期待著讀者們不吝批評指教。

民國一〇三年十二月

目次

輯二 教育與文化

輯三　父母子女

輯一　社會百態

盛名之累

「人怕出名豬怕肥」這句俗話，在笑謔中含著眼淚，實在是至理名言。

前些日子，名影星英格麗褒曼來臺觀光，她每天一出門，就被記者們窮追不捨，完全失卻個人的自由，使我不禁為她所遭受到的盛名之累，感到萬分同情。

不久以前，各報都以很大的篇幅刊登美故總統甘迺迪的遺孀，現在的歐納西斯夫人賈桂琳女士與美國前國防部長吉爾派屈之間的羅曼史，並且強調賈桂琳寫給吉爾派屈的信為「情書」，把他們之間的交往大事渲染，還「有圖為證」。看完了那幾段電訊，我也不禁站在女性的立場為賈桂琳叫屈。

凡是年輕的、有名望的女性（我不忍採用「名女人」這個字眼）的動態，一向都是最受歡迎的花邊新聞；所以，她們的一舉一動，也都難以逃過新聞記者的狩獵。我記得：自從甘迺迪總統遇刺去世以後，賈桂琳的行動，就成了全世界的人士所矚目的中心。她穿上一條迷你裙；

她跟哪一位男士共舞；她跟哪一位男士一同進餐……一切一切，都成了記者們筆下最佳的資料。到了她下嫁歐納西斯的時候，那更是轟動了整個世界。

她為什麼會遭受到這種騷擾？她為什麼不能隨心所欲地選擇她自己的生活方式？無非是因為她曾經是美國的第一夫人，而且她還很年輕。一個人有一個人的私生活，當一個人的私生活喪失了，那種痛苦是無法形容的。在這裡，我奉勸年輕的少女們最好避免太出風頭，以免遭受盛名之累。同時，我更祝福那些已經成名的女名人（非名女人也），她們的私生活都能受到別人的尊重。

奇妙的世界

報載美國已經「迅速地走向物品隨用隨棄的社會，一件物品用過一次就丟棄不用。」這消息，使得我這個又忙又懶的人真是又興奮又快樂。

那篇報導裡說：除了本來就有用過即棄的紙杯、紙盤、瓶子、罐子、塑膠容器等以外，現在又加上由非紡織纖維製造而成，價錢非常便宜的各種衣物，可以用過立即拋棄。

這也就是說：美國的主婦已漸漸走向不必洗盤子、洗衣服和縫衣服的時代，雖則目前已有洗盤子機器和洗衣機代勞，不過，連洗都不必洗，那當然是更加方便得多。

那篇報導又說：由於這些被拋棄的廢物數量日增，而形成了一個令人頭痛的問題；於是，市場上又出現了一項有希望的發展，那就是一種非紡織的人造絲，浸在水中就溶解而且能夠沖掉。

太妙了，這個科學昌明、日新月異的世界。我常常覺得：能夠活在這個時代裡是很幸福的。我們古代的許多成語和幻想，今日不是已經都實現了嗎？「秀才不出門，能知天下事。」

報紙、廣播和電視，豈不是使每個人都變成了不必出門的秀才？人類的足跡已踏上了月球，廣寒宮已不再是騷人墨客筆下的烏托邦。噴射機使得洲際的來往，猶如到郊外去旅行；偉大的醫術可以換心換腎、起死回生……。

這個世界太奇妙了，古人連想都沒有想到的事物，我們都可以享受得到，誰說我們不是個有福的人？記得若干年前，曾經看過一篇關於一種藥丸的發明的報導，據說吃了就不必吃飯。不知道為什麼到現在一直沒有下文，我這個懶惰的主婦倒是十分希望它能夠早日問世，以減除家務的時間，使我可以多做一些別的有意義的工作，使我可以多多享受這個奇妙的世界。

向狄斯耐致敬

樂聖貝多芬曾經說過：「我是替人類釀製醇醪的酒神。」我覺得：凡是能夠給予人類歡樂的，也可以當此美名而無愧。而二十世紀的藝術大師華德狄斯耐，更是一位最偉大的酒神，他所釀製出來的醇醪，甘香甜美，真是使人回味無窮。

從我們童年所看過的《米老鼠》、《白雪公主》……乃至後來《幻想曲》、《小飛俠》、《睡美人》等膾炙人口的卡通片，以及近年所拍攝的喜劇如《飛天老爺車》、《金龜車》、《醜小狗》、《玲瓏貓》、《赤足董事長》等，都是老幼咸宜，內容健康的影片。在狄斯耐的作品中，永遠有性格可愛的人物、小孩、動物，美麗的風景和溫暖的人情味，有時還有音樂和繪畫。他的故事中當然也會有「壞人」，可是這些「壞人」都是一些愚蠢的笨蛋和可憐的小丑，是沒有什麼害處的。

狄斯耐從來不拍悲劇，他一定是覺得這個世界已經夠悲哀的了，為什麼不讓人們多一些歡笑的機會呢？他的片子固然主要是給兒童看，但是，由於內容的妙趣橫生，成人看了也會發出會心的微笑。像現在中視每星期四晚上播出的《彩色世界》便深受一些喜歡小動物、喜愛大自然而又童心未泯的成年人所歡迎。

自從第二次世界大戰之後，歐美的電影總是離開不了「性＋暴力」這個公式，對色情和犯罪極力渲染，只問票房價值，完全忽略了藝術本身的立場。要想找一部主題正確，內容純潔的電影，已不可得。所以，狄斯耐的作品簡直可以說是滾滾濁流中的一道清泉，出塵絕俗。而他對全世界青少年的教育之功，我認為值得頒贈給他諾貝爾獎。他對人類的貢獻，似乎已不止是一位釀造醇醪的酒神而已。

生活水準

閱讀某期《今日世界》，其中有一篇〈美國人的生活水準〉，使得我這個一向對數目字毫無興趣的人，竟然對文中的一些數字發生了極大的興趣。

那篇文章裡面說，根據統計，那些年薪在一萬元上下的家庭（大概算是中上收入的家庭了），丈夫每三年才做一套衣服；太太每五年買一件新大衣；一年上八九次美容院；一年看九次電影。夠了，夠了，僅僅這幾項便已夠了，它馬上引起了我的興趣，因為它證明瞭一個事實：我們的生活水準高於美國人。

我們這裡，每年夏秋冬各做一套西裝的男士們比比皆是；五年才買一件新大衣的主婦已經算是十分寒酸的了。太太小姐們誰不是每個星期上美容院洗頭一次？雖說家裡有了電視機，但是每個週末上西門鬧區去看場電影，吃吃小館子，該也是很起碼的享受了吧？

單憑這幾個事實，就可以證明臺灣社會的繁榮與生活水準之高，我們實在不必自卑，也不必羨慕人家的物質享受。美國雖是黃金國，但是，人民收入高，稅率也高，而物價與人工之貴，更是令人咋舌。所以，他們的主婦都很節儉勤勞，事事都得自己動手，花一分錢都得考慮。那像我們一些家中有女僕代勞的主婦們，可以整天悠遊自在地逛街、串門、聊天、搓麻將？他們唯一比我們強的，就是汽車普遍一點罷了！

在這個非常時期裡，能夠有今天這種安定而富足的日子過，我們應該滿足了，假使再貪圖逸樂，拚命追求感官上的享受，那便是忘記了自己是處在什麼時代中。

虎皮大衣

我很喜歡看西洋的漫畫，簡單的幾筆，有時不須借助於文字，便會令人忍俊不禁，發出會心的微笑，甚至哈哈大笑。這完全是人家高度幽默感的表現。老實說，這種高度的幽默感還真不容易學哩！最近在一份外來的刊物上看到一幅漫畫，上面畫一中年胖婦，身披虎皮大衣，作得意狀。她的丈夫站在一旁冷冷的對她說：「它（指虎皮）在老虎的身上比較好看一點。」很平淡而毫無火氣的一句話，不但把那些喜歡用獸皮來裝飾自己的女人挖苦一番，而且也包括了勸人愛護動物之意。

不知道從什麼時候開始，人類又學原始人那樣覬覦到野獸身上美麗的皮毛，為了製造一件皮大衣，不惜犧牲一隻乃至數十隻動物的生命。因而到了今天，世界上許多野獸都面臨絕種的危機。

人類常常說那些動物生性殘暴，其實，我覺得人類才是最殘忍的動物。他們自恃智力，恣意殺生。萬物之中，巨如鯨魚，小如螞蟻，都難逃毒手。他們不但殺獸剝皮製衣，還要食其肉。試想：一盤雀舌、魚唇、鴨掌，要犧牲多少隻小鳥，多少條魚，多少鴨子？還有人活吃猴腦，吃動物的胎兒……如此殘暴不仁，又怎能自稱萬物之靈？

儘管世界性組織的保護動物委員會一天到晚在大聲呼籲大家要愛護動物；然而，世人嗜殺如故。儘管人披虎皮並不見得好看，然而，高級的皮大衣，仍然與鑽戒、汽車，同是虛榮女人心目中的三寶。這真不知道是動物的悲哀，還是人類的悲哀了？

文明的代價

由於近年來發現多種食物對人體有害，從多年前的含有防腐劑的醬油；用發黴花生搾取出來的花生油；打針鷄；糖果糕餅中的色素、糖精；蔬菜中的農藥；乃至摻有化學肥料的冒牌味精等，真使人談食色變，幾乎樣樣都不敢入口。

最近，市面上盛行的那些速食麵，味道不錯，經濟實惠，頗受家庭主婦和兒童的歡迎。因為它的牌子愈來愈多，售價愈來愈低廉，可見業者必獲厚利。於是，我就有一個預感；現在很多食品都發現內含有害人體的物質，這種新興的食品，多吃了是否也有害呢？

果然，前幾天中央日報的「主婦顧問」專欄中，證實了我的疑慮是正確的。據說，某名牌的速食麵為了可以保存較久而摻有大量的防腐劑，已遭到某訂貨的單位查出來而退貨。

看了這則消息，不禁為自己的有「先見之明」而感到慶幸。以前，我也是速食麵的擁護者，自從有了預感之後，就很少再買。如今，當然只好「割愛」了。除非速食麵的業者能夠以具體的事實來向消費者證明他們的產品是安全可靠的，否則，誰又願意以自己的寶貴生命去供別人「慢性謀殺」呢？

生活在工業社會中，煤氣、噪音、空氣汙染、水源汙染……這一連串的文明副產品，已足夠殺人於無形。如今，再加上食品的沒有安全感，就更使人對「文明」萌生畏懼之心，而渴望回歸田園了。「道高一丈，魔高十丈」，文明固然有許多好處，使我們可以享受到很多便利。然而，卻也要付出相當的代價；慢性被謀殺，恐怕就是這個代價了。

歌與影

我們的娛樂界有一個很奇怪的現象，就是「歌而優則影」。歌星唱紅了，立刻就會被電影界羅致，不管她或他是否懂得演技。連帶的一個怪現象則是：凡是影星必定要會唱歌，否則就紅不起來。

由於這個原因，我們的影壇上就充斥了能歌善舞的青春豔星，另外還點綴了少數歌喉出眾的英俊小生。儘管她們只懂得飛媚眼、扭揑作態和賣弄性感；但是，因為影迷們喜歡這個調調兒，而影片公司為了票房價值也不惜大捧特捧這類的角色，於是這類根本不會演戲的大明星就紅透了半邊天。

另外一個可笑的現象是：我們的片子每一部的主角都必定是綺年玉貌的女明星，而且每片必唱。而那些演技好而面貌不佳或年紀已大的，卻只能永遠充當配角。真不知道這算是美女展覽還是拍電影。風氣所趨，我們的電影從業員想竄紅便只有從改頭換面著手。去整容、去學歌學舞、去拚命添製行頭，而忘記了琢磨演技。這樣下去，我們的電影事業又怎會進步？

反觀人家歐美各國，一些既老且醜的演員常有獨挑大樑的機會。像史賓塞屈西，一個白髮老頭子，卻滿臉是戲，令人叫絕。西蒙仙諾，一個臃腫不堪的中年婦人，她演技的精湛，卻是有目共睹。

我們影壇上有沒有這種人才？假使有這種人才，又有沒有擔任主角、發揮演技的機會？這真是一個大疑問！

唱歌與演電影是兩碼子事兒，怎能混淆不清呢？

醫德何在？

最近，聽到了一些有關公立醫院惡劣作風的事實，雖然不至駭人聽聞，但是也足以令人寒心，甚而生畏。

有一位朋友住醫院割治膽石，她的家人因為不知道公立醫院一向有收取紅包的陋規（也許她是摸不到門路），以為繳了費就算事。誰知，這樣一來，就使她吃盡了苦頭。主治醫師態度傲慢、盛氣凌人不用說；負責上痲藥的助手竟沒有使用足夠用量的痲藥，使她在開刀時痛得半死。開刀以後住在病房中，叫護士、叫服侍病人的歐巴桑都沒人理會。後來，從同房病人口中才瞭解自己被虐待的原因。

另外一位患慢性胃病的親戚，是醫院的常客。據他說：在某些公立醫院中，有幸掛特別號的病人，往往不是病勢嚴重的人，而是懂得如何暗塞紅包的投機份子。真正需要急診的患者，儘管在那裡痛苦呻吟，還不是只好等上幾個鐘頭？

以前，大家都只知詬病公共汽車的車掌小姐是晚娘面孔；事實上，公立醫院的醫師、護士乃至職員、工友，他們的面孔才是比晚娘更可怕。可能是因為他們工作忙而待遇低的關係，滿肚子冤氣就發洩在病人的身上。他們認為：病人孝敬紅包應該的，因為，他們為病人服務。有誰不懂這個規矩，那就活該倒楣。

醫生本來是最崇高的行業，當他們在醫學院畢業時，誰都宣誓過要以濟世活人為宗旨。但是，今天有幾個醫生還記得當年的誓言呢？有機會自己開業的，就把病人當作金山、銀山；「不幸」而在公立醫院拿薪水的，就把病人當作是仇人看待。影響所及，他們下面的員工也莫不如此。於是，病人苦矣！

醫德何在？醫德何在？

太多的自由

我常常覺得：我們這個社會所給予個人的自由實在太多了。

我們有隨意製造噪音的自由：大小車輛在大街小巷亂按喇叭；廣告車（包括競選的宣傳車）到處大聲疾呼；把電視機和收音機的音量開到最大，強迫四鄰一同「欣賞」；深夜搓麻將，洗牌聲劈拍不絕；事先不通知鄰居，突然燃放爆竹；地下工廠在住宅區設立，機器聲日夜擾人……

我們有隨意汙染環境的自由：人們可以隨地吐痰、便溺、扔垃圾；工廠可以任意把廢氣、髒水排到空氣中和河川裡；人們可以任意把糞便、牲畜的屍體、塑膠袋隨意丟進水溝……

我們有隨意佔用公地的自由：商店可以在行人道上堆置貨品；小型工廠可以在行人道上做工場；住家可以在行人道上曬晾衣物……

我們可以有隨意妨礙他人的自由：任意在電線桿或牆壁黏貼廣告；乘坐公車不排隊；乘坐公車先用東西佔位；乘坐公車一人佔用兩個座位；讓小孩跪在公車座椅上，鞋底沾汙別人的衣服；乘搭公車，站在車門口，使別人下車不方便；看電影時把雙腳擱在前面椅背上；看電影時高聲談笑或者嗑瓜子、剝花生；久佔公共電話作馬拉松式談話；住在樓上的人任意把汙水或汙物往樓下傾倒……

就是由於一般人享有太多的自由，所以對那些潔身自愛、尊重別人的人就構成了威脅。就是由於一般人享有太多的自由，所以我們的社會始終無法與西方的文明社會相比。就是由於一般人享有太多的自由，所以我們的國民道德永遠低落。

你要你的國家富強、社會康樂嗎？那麼，每個國民都犧牲一點個人的自由，多多為別人設想吧！

何必帶禮物

我們是個講究人情味的社會，一向主張禮尚往來。尤其是近年來國民收入提高；於是，親友間的酬酢也就更加頻繁。如今，在每一個家庭的帳簿內，交際的項目不單只是婚、喪、壽、彌月等賀禮，還得加上接風、送行、迎新送舊、賀人畢業、升學、喬遷、開業、開張……等等開支。

在種種人情往來中，尤其使人感到更困惱的是出門旅行的收禮與回禮。嘗閱中央副刊上有一篇韓韓女士所寫的〈能回家，真好！〉就深切地表現出留學生們回國探親時為「償還禮物」而感到的種種煩惱。

不記得從什麼時候開始，我們習慣地對出門的人除了要設宴餞行以外，還要送上一些土產或特產。於是，遠行的人就苦了。去的時候既要送當地親友一些小禮物；回來的時候，也要對此間曾經送行（回來又是一頓接風）的人「償還禮物」。以我個人的經驗，搭乘飛機規定行李不得超過四十四磅；但是，每次出門，不論來回，那隻並不很大的箱子裡，總有一半裝的是送人的禮物，頗有「為誰辛苦為誰忙」之感。

如今大家出國的機會都增加了，送禮這回事已變成了相當嚴重的問題。為了節約，為了響應蔣院長的十項革新運動，我贊成我們不但不要設宴餞行和接風，出門的人也不要送禮物。老實說，臺灣樣樣價廉物美，國外帶回來的一條領帶、一雙絲襪，受者不見得實惠，送者本身卻是一宗負擔。

取義何必捨生

宜蘭國中一個十六歲的學生吳振立，在上月廿八日那天，在豪雨中看見一個小女孩失足跌落在一條大圳裡。吳振立為了救人，就奮不顧身的躍下去要把那小女孩救起。但是因為水流甚速，而他的泳術又不甚精，於是，救人者與被救者就不幸同遭沒頂。

事後，各報競相報導，紛紛讚許吳振立的勇敢行為，並以「小義人」相稱。並有人建議在吳振立溺斃的圳邊建立小義人銅像，以資紀念。

吳振立的義勇作風固然可嘉；但是，在救人之先，他完全沒有考慮到自己的能力是否勝任，所以白白的犧牲了自己一條寶貴性命。說得好聽他是捨己為人，說得不好聽，卻是逞匹夫之勇。古人有所謂愚忠與愚孝，就是指一味執著，而誤解「忠」與「孝」的真諦的人。像這類不自量力而冒死救人的行為，也可以說是愚義了。

近年來，這類不管自己能力如何，冒生命之危逞勇救人的例子極多，而且其中大多是十幾歲的孩子。我不知道他們是否由於崇拜英雄，嚮往於「小義人」的美譽，抑或是學校經常灌輸這類的「豪俠」故事？以至他們具有如此「大無畏」的精神？

我認為：這些年紀小小的孩子實在不必強充英雄。拯人於溺應讓救生員或善泅者去擔當，不諳水性者大可不必陪上一條生命。扶盲者過街；在公車上讓座給老人；看見小兒在馬路上玩要趕快把他拉回行人道；……像這一類力所能及的善行，經常能做到，便已盡了自己的道義。義的範團很廣，何必一定要捨生去取呢？

行人應優先

到過國外的人都知道，歐美的先進國家，在馬路上永遠是行人優先的，不論那裡是否斑馬線，只要有人要過馬路，車輛都得停下來相讓（當然在亮紅燈時不同）。因此，外國的車禍儘管多，但大都是由於開快車而引起，車子輾死行人的事並不多見。

我們這邊就不同了。恃大欺小，車子至上。所有的有車階級（包括了貨車、公車、自用小汽車、計程車和摩托車）都是視死如歸的勇士，一上了路就風掣電駛、橫衝直撞。到了人車爭道的交通隘口，他們更是務必爭先。行人若不禮讓三分，保你馬上變成輪下之鬼。

因此之故，許多一輩子住在大都市裡的人，一旦必須安步當車時，每逢要過馬路，還是戰戰兢兢、張皇失措，恍如剛入城的鄉巴佬。

很多地方的斑馬線形同虛設。因為這些斑馬線一點權威也沒有，行人要跨越時，還得禮讓車輛先行通過。

最令行人痛苦的莫如在綠燈時車輛的小轉彎。當你剛走到馬路的三分之一時，接二連三的小轉彎車輛向你衝過來，嚇得你魂飛魄散。等你瑟縮一旁讓這些車輛通過後，紅燈又亮了起來。這時，你前進好呢？還是後退好？

至於一些行人陸橋，更是行人深痛惡絕之物。因為過陸橋既得辛辛苦苦地爬上去，又要忍受雨淋日曬之苦，而那些腳不沾地的有車階級們卻在下面平坦的大路上享受馳騁之樂，實在太不公平。假使把所有的陸橋都改為地下道，我想：根本不必勞煩警員的勸導，行人自然不會去闖快車道的。

行人是血肉之軀，怎能與鐵甲其外、機器其內的車輛相抗衡？保障行人，行人優先，該是一個文明國家應有的措施吧？

崇洋狂

每次看到報上刊登的大幅豪華公寓廣告，所取的名字，大多數都是洋名，什麼「華盛頓」、「羅馬」、「白宮」、「香檳」……通通出籠，有一家還在廣告上加了一面巨大的美國國旗，令人不知置身何處，這使得我大為反感。身為中國人，居住在祖國的領土裡，怎會數典忘祖至於此極？崇洋到如此程度，又怎能希望外人尊重你？我們有很多美麗可愛的名字可以應用到住宅上，為什麼不用「西湖」、「廬山」、「天壇」、「頤和園」、「紫金」、「珠海」這一類的名字，既保存了國粹，又可以激發思鄉之情，而偏要採用毫無意義的洋名呢？

由此，我又想到了「羅斯福路」和「麥帥路」，早就有人建議要改名了，不知道何以遲遲不見實行？還有，全省還有不少日本地名，這是國家民族之恥，不知道為什麼一直沿用下去？

商品的崇洋程度，已到了極點。其中以電器、西藥、牙膏、香皂和化妝品最甚，明明是國產內銷品，卻是全部英文，怎樣也找不出一個漢字。這是什麼意思呢？是想冒充洋貨以提高身分嗎？做生意而不研究品質的改善，只想要噱頭來唬人，那就太不求上進了。

同時，我又想到某些電視廣告，根本毫無需要，也要加進一個字甚至幾句「英語發音」，同樣的令人感到莫名其妙，甚至噁心。

在西方知識份子正流行著中國熱，紛紛以能說華語，能讀中文為榮聲中，我們這邊卻還有那麼多忘本的崇洋狂。寧非怪事？

虛偽的客氣

日人高橋敷所著的《醜陋的日本人》一書，非常客觀，坦白而又毫不容情地揭發了許多日本人的劣根性。中日同文同種，在性格上原來就有不少相似的地方，讀完本書，恍如對著一面玲瓏的鏡子，把我們中國人的弱點也透澈地反映出來、不覺深深地感到慚愧。

書中有一小段，標題為「餐桌上的教訓」。作者招待一對阿根廷夫婦到家裡吃飯，他那五歲的孩子用手抓了女客的那份天婦羅吃掉了。作者一方面責備孩子，一方面期待女客也會像日本人那樣說：「小弟弟，你喜歡阿姨的這一份嗎？不要緊，多吃一點吧！」但是，那位女客卻這樣對小孩子說：「小朋友，你今年幾歲啦？你想，布宜諾斯艾利斯的小孩子乖呢？還是日本的小孩子乖？你剛才做了一件不好的事情，是嗎？如果你知道，趕快把你的一份還給我！」

讀到這一段，不覺為之叫絕。這不是完全跟我們一樣嗎？我們到別人家裡做客，無論別人的孩子做出多麼壞的行為，我們都由於客氣而不好意思指摘，而拚命給他袒護，甚至做家長的要責備孩子時，我們還要給他說情，說著「孩子還小，不懂事」、「沒有關係」、「不要緊」

等等違心的話。想想看，這是不是違反了教育孩子的原則，等於害了那個孩子，令他無所適從，不知道自己是不是做了壞事嗎？那位阿根廷太太，有著西方人的爽朗與拉丁人的熱忱，她不顧孩子的父母是否不快，把別人的孩子當作自己的孩子一樣的秉公教訓，這樣對孩子是不是反而有好處呢？我相信他這一輩子也不會忘記這位阿姨的話吧？

我們有一個很大的弱點，就是往往客氣得近乎虛偽。譬如：在酒席上遇到別人敬酒，明明不想喝卻又不好意思拒絕，就是一個例子。這種客氣，有時真是害人害己不淺，實在沒有保存下去的必要。

享樂主義

在報上常常看到這樣的新聞：「……在舉行貧戶調查時，發覺有很多列入一級貧戶的，家中居然有電冰箱、電視機等奢侈設備……」

看了這樣的新聞，真是令人啼笑皆非。家裡有了這些高級享受，還不惜儕身於貧戶之列，企圖「享用」政府發給的救濟金和救濟品。這種人可說是一身懶骨自甘墮落，簡直是無可救藥。由此，也可以看得出冰箱與電視機在人們心目中佔了多麼重要的位置。

由此，我又不禁聯想到今日社會上，一般人都是只重物質享受而忽略了精神生活。尤其是自從有了分期付款這個購物辦法以後，一般人都不顧後果的變成了享樂主義者。不管自己是否有這個能力，買了再說。於是，大型冰箱、豪華電視、洗衣機、熱水器、電烤箱、電唱機、沙發、地毯……通通進了門，到了每個月底領薪時，就只能拿到一個扁扁的薪水袋。

享樂第一，物質至上，這就是世紀末的現象。虛榮心在每個人的腦子裡作祟，死要面子。有些人在家裡也許只有鹹菜下飯，與友交際，卻非觀光飯店不進。有人也許拖了一身的債，但是卻非豪華公寓不住。有人也許月入僅可餬口，出外時卻非舶來料子不穿。至於在公共場所如飯館、歌廳、舞廳等地，一擲數千金而無吝色的，已不足為奇了。

我們社會上這種奢靡風氣，似乎是近十年來才形成的。古人說「儉以養廉」，今人早已經忘記了節儉這個美德，又怎怪官場中貪墨成風呢？

遏止奢靡

假日偶然到百貨公司去購物，但見人潮洶湧，恍如廟會。櫃臺之前，擠得人山人海，店員應付不暇，又彷彿那些貨品都是不要花錢的。

買完東西，想到另一層的廣東茶樓小憩。原來盛況並不下於樓下的百貨公司，不但偌大的一座大廳內座無虛席，而且還有很多食客在旁邊等候，遇缺即補。穿梭來往的男女侍者個個忙得團團轉。推出來的點心車，一下子就被搶光。這只是小吃，倒算不了什麼。豪華的筵席正盛開於每一家餐廳和飯店內哪！

衣履非舶來品不穿。馬路上飛馳著的小轎車愈來愈多。現在，住高級公寓已不夠高級了，君不見北投、淡水等地紛紛興建的山莊、別墅，德國式的、西班牙式的任君選擇，擁有一幢，那才夠氣派。

從正面看來，上面所說的都是好現象，證明我們生活水準提高，經濟起飛。但是，在一些憂國傷時的人士眼中，這種情形卻未免有點醉生夢死。神州一旦未光復，我們就還是處在非常時期中，我們的肩頭負有十分沉重的責任，是絕不容許過著如此奢靡逸樂的生活的。

記得我們剛剛渡海來臺時，日子都過得很是艱苦，物質非常欠缺；但是我們的鬪志都十分激昂。曾幾何時，物質生活改善了，而奢侈的陋習也形成了，大家更是漸漸的變得樂不思蜀，錯把杭州作汴州，把國愁家恨通通忘記掉。

「生於憂患，死於安樂」。生活過於逸樂，容易使人意志消沉。遏止奢靡的風氣，鼓舞戰鬪精神，此其時乎？

節約有成效

上星期一，是臺北市郊士林、石牌、板橋、中和、永和等地統一拜拜之日。由於家住永和，鑑於這數年來的經驗，怕到時擠不上車，那天，我特地提早十分鐘下班回家。

意外地，雖然車上是有一些吃拜拜的客人，但是，公車並沒有特別擠。過了中正橋，一點都沒有異樣。往年這個時候，橋上早已滿坑滿谷的擠滿了行人，寸步難移了。同時，整條永和路上，我沒有看到一家店鋪有宴客的準備；到了安樂路才看見有一家商店在門口埋鍋做菜。根據往年的觀察，這時，大街上每一家商店都會擺出兩三張鋪著紅布的桌子，食客也開始紛紛上門。

今年情形如此「冷清」，不免使我有點懷疑，那天到底是不是拜拜之期。事實上，由於政府勸導節約有了成效，同時，由於物價上漲得太厲害，今年，大家對拜拜都不那麼熱衷了。

記得往年一到了永拜之期，我就「有家歸不得」。為了怕擠，下班後往往先去看一場電影，等進入永和的人潮過去了才回家。今年可好了，一點也沒有受到影響。

拜拜是本省根深蒂固的迷信陋習，大家早已知道而不能改。經過多年來的勸導與呼籲，如今，真的有了成果，實在令人興奮。可見事在人為，世間並沒有不可能的事。希望數年之後，拜拜能夠變成一個歷史名詞。大家省下那筆鋪張宴客的錢，多蓋幾幢大樓，也好充實地方建設。敬神如神在，神不會因此而不高興的。

論身後事

今天，人口爆炸已成為世界性的問題。幾乎全球所有的大都市，無不面臨土地荒，有的移山填海，有的拚命往高空發展，冀求解決棲身之道。在這個大環境裡，人類活動的範團已日益縮小，令人不解的是，我們這裡偏偏又發生死人與活人爭地的事實。根據前些日子的新聞報導，臺北近郊的一些公墓，已有鬼滿之患，再不圖謀擴展，「死無葬身之地」的古語，就真的應驗到我們身上了。

但是，死人為什麼一定要有葬身之地呢？「入土為安」是上一代的觀念，現代人應該有新的看法：火葬簡單利落，水葬也頗為瀟灑。把遺體捐給醫院解剖，把眼角膜捐贈給需要的人，那更是「物」盡其用。一個人活著，全靠一口氣，那口氣咽完了，就剩下臭囊一具。用高貴的銅棺葬殮，埋在大理石的墳墓裡，結果還不是與草木同腐？所以，過份舖張的喪禮，簡直是一種浪費。

少年時代不解事，曾經幻想過一個美麗的葬禮：素車白馬之外，要有無數鮮花，還要有最優美的音樂。現在想來，這都是多餘之舉。人死如燈滅，自己什麼都不知道，要葬禮何用？喪事愈簡單愈好，最好能發明一種藥劑，往屍體上一噴，立即消滅得無影無蹤，這就不至發生與活人爭地的問題了。當然，假使死者是位名人，功在國家社會，那又不能一概而論，倒是值得生榮死哀一番的。

夜讀杜詩，讀到「千秋萬歲名，寂寞身後事」，因而聯想到葬喪的問題，不禁掩卷嘆息者再。

還是這裡好

也許是電視上的偵探、警匪影集看得多了，使我有了這樣一個感想：美國犯罪（尤其是兇殺）案件之所以這樣多，完全是由於他們的人民有帶槍的自由，而且又幾乎人人有汽車之故。電影和電視所表現的固然並非真事，不過距離事實也不會太遠。看那些匪徒們，只要有一把手槍，單人匹馬就可以搶劫銀行，要是外面還有一個助手駕著汽車在等候的話，就簡直可以得心應手。所以，我常常這樣想：假使他們不是任何人都可以攜帶槍械，不是人人懂得開車而又人人有車，歹徒作案，那有這樣方便？這也是文明的害處之一也。

日前報載，美國一個八歲的孩子，因為不服那位照顧他的老人的教訓，竟然拿了老人的手槍，一連開了三槍，把年已八旬的老人打死。八歲小孩因不服教訓，而懂得用槍，而懂得殺人，也可以算是駭人聽聞了吧？假使他平日不是看過成人這樣做，他又怎會學到這一手？

人人有槍，雖可自衛防身，但亦可以引起犯罪動機，或者惹上殺身之禍。衡量得失，當然是沒有為妙。

有時想想：還是咱們這邊幸福太平。小偷雖然猖獗，但是還不至動不動就用手槍把人打一個窟洞。咱們八歲的孩子還賴在媽媽懷裡撒嬌，怎會開槍殺人？咱們的有車階級都是中上層社會人士，不會利用汽車去做案。一般人，買不起自用車，也不會駕駛的，擠擠公車，上班上學，出門辦事，倒也十分方便。所以，一想到槍枝和汽車太多之害，就覺得還是這裡好。

維護民族尊嚴

關於不買日貨的問題，我認為：為了維護我們的民族尊嚴，我們除了不買日貨以外，遵應該做到不說日語，不聽日本歌，不看日本電影；同時，還希望報紙、雜誌不登日文廣告，電視臺和廣播臺不播日文廣告。

日昨，幾位朋友在一起談天，有人指出，本省光復了二十多年，居然有很多地名還沿用日據時代的舊名，簡直令人不可思議。

其中最刺耳的莫如「田中」這個地名，恰與當年侵華的戰閥田中以及今日與匪建交的田中相同。月前已有讀者在報上投書希望當局改一個名字，但至今仍無下文。此外，本省仍然保存著的日本地名如關西、神岡、林內、名間、長濱……等，也是早就應該改一改的，不知道為什麼竟然一直沒有人注意到？

同時，此間還有許多比較守舊的旅館、食堂和商店，採用的也是日本的名字，我以為也有勸告他們改名的必要。

還有，在我們的日常用語中如：「下女」、「便當」、「便所」、「車掌」、「歐巴桑」、「通勤」……等日本名詞，早在多年前已有人提出要改稱；但是，到今天為止，還有不少人在使用著而不自覺。這些名詞我們自己不是沒有，何必要用外來語呢？我們的友邦韓國，自從脫離日本獨立以後，就把一切與日本有關的東西都摔得一乾二淨，樣樣都保持了非常純粹的韓國風格，這是值得我們效法的。要知道，保持純粹的民族的風格，就是維護民族的尊嚴，也是愛國行為的表現啊！

殘忍的藝術品

偶然在一個展出臺灣手工藝品的場合裡，看到了幾幅很奇特的畫。既不是油畫，又不是水彩，也不是織錦或亂針繡。湊近一看，原來就是所謂蝴蝶畫，是把無數彩蝶的翅膀剪碎了再黏貼在紙板上而成的。

我本來覺得這些畫也頗美麗，但是，當我知道了這是要犧牲幾百隻蝴蝶的生命才能製成一幅畫時，我就覺得它們很醜惡了，這是多麼殘忍的藝術品呀！蝴蝶是所有昆蟲中最美麗的一種，牠們可說是春天的使者。當一群群彩蝶在花間飛舞的時候，不但把原野景色點綴得更動人，而且還有傳播花粉之功。把這些益蟲捕來製造標本已屬不該，更何況把牠們的翅膀剪碎？蝴蝶畫是我們外銷的手工藝品之一，我不知保護動物不遺餘力的西方人看了作何感想？

我們在保護動物方面似乎一向落後，有時還近乎煮鶴焚琴。名種的狗會變成老饕餐桌上的「香肉」；會表演的海豚也被漁人宰而分割出售。前些日子，報上就有過一篇報導說：本省蝴蝶的數量已愈來愈少，而且有些已面臨絕種云云。過去，我知道蝴蝶曾經為我們賺取了不少外匯；如今，如此濫捕，如此辣手摧花，豈非自絕財路了嗎？

近年來，由於空氣、環境及海水的大量汙染，地球上的許多動物和植物已遭受池魚之殃。現在，連小小的蝴蝶也劫數難逃了。看來，我們的春天將會愈來愈寂寞。

輯二　教育與文化

學童的營養

報上的一則新聞這樣記載著：「我們的小棒球員和美國球員比較起來，是又瘦又小而又黃，自然我們可以說，白種人先天比我們高大，而且後天也無『菜色』。可是站在日本少年棒球隊的旁邊，我們中華隊仍然顯得很瘦很黃。」看完了這一段報導，不禁令人感觸萬千。

前些日子，我就在電視上看到日本少年棒球隊跟我們的小國手站在一起的鏡頭。當時，我就感覺到，這些日本兒童為什麼個子長得這麼高大呀！還是小學生嘛！有幾個竟已跟成人一樣高了。不由得想起了戰前我們一直認為日本人是世界上最矮小的人種而對他們多少有點蔑視；想不到三十年之後，日本兒童的平均身高已超過了我們，現在，被蔑視的該是我們而不是他們了吧？儘管我們的球藝有多棒，但是，在別人面前矮了一截，總是不大光彩的。

我們的孩子長得不夠高不夠壯，我想：住在大都市的是由於惡補的結果；而住在鄉下的，應該是跟營養及遺傳有關。

在大都市，我們偶然可以看到一些身高體壯、面色紅潤的孩子，這些，多數是富家子弟，他們從小就營養充足，所以自然發育良好。那些大多數又黃又瘦、戴著眼鏡的「小老頭」，他們全都是中等人家在惡補下的犧牲者；至於面有菜色、彎腰駝背、看來似乎永遠長不大的小可憐，那都是來自農村的孩子。

人家美國的孩子，整天把鮮牛奶當開水喝，一塊牛排的重量足夠我們中國家庭做一天的肉食：而我們有許多父母還常常在飯桌上訓誡孩子：「不要儘挑肉吃，多扒點飯！」我們的鮮奶，一瓶倒出來還不到一杯，人家盛鮮牛奶的瓶子可都是一磅裝的啊！

如今，國小畢業生算是脫離了惡補的命運了（可不要升級到國中去啊！）想改善下一代的體格，還得從孩子的營養開始。新時代的父母必須懂得營養學，也應該不惜工本的栽培孩子們的身體，不必要的零食和點心儘管可以節省，但是牛奶、鷄蛋、肉類、蔬菜、水果必不可缺。同時，還要鼓勵孩子多從事運動，這樣，我們的下一代才會有希望「出人頭地」。

謝師宴

關於謝師宴的問題，近來在報上討論得很多。大家一致的意見都認為這是一種不必要的浪費與形式而主張廢除，唯獨中央副刊有一位作者（似是學生身分）獨持異議，此君真可說是與眾不同了。

幾年前，我就曾發表過一篇〈談謝師宴〉，力陳此宴的奢靡與浪費。當時，曾蒙政大一位教授響應，把拙作剪下來貼在佈告欄上，向學生呼籲不要舉行謝師宴。後來，亦聽說過有其他的學校起而響應的。我以為此風會逐漸消滅，沒想到，到如今仍然盛行著，而且成為一個問題。

我不否認師恩浩蕩，也絕對擁護尊師重道這個固有道德（我離開學校多年了，如今見到從前的老師，還是必恭必敬的）。也難其如此，我才會懷疑：「一宴就可以謝師嗎？」

師長為我們傳道解惑，我們報答的方式甚多；而我們對師長感激之情，又豈是在畢業前夕大家在觀光飯店狂啖豪飲一番所能表達的？更何況，學生還都是消費份子，未能自立，到觀光飯店聚餐一次，每人動輒花費三數百元。有些人為了這一頓盛宴而特製行頭——男生西裝革履，女生夜禮服高跟鞋，更非千元莫辦。如此的增加家長負擔，還能說不是浪費嗎？

最近，一位在某大學擔任客座教授的回國學人就因為在謝師宴上喝多了酒而腦充血去世（是因為學生敬酒敬得太多嗎？），這樣說來，謝師宴者，簡直是有「我雖不殺伯仁，伯仁由我而死」之嫌了。

謝師為什麼一定要舉行宴會？又為什麼一定要在觀光飯店？茶會不可以嗎？郊遊不可以嗎？自己包包水餃不可以嗎？如此奢靡的作風，到底是誰作俑的？聽說現在連中學畢業生也向大學畢業生看齊，那更是令人要大聲呼籲：此風不可長了。

還好，現在教育廳已正式通令各級學校在舉行謝師活動時，要遵守節約的原則。但願真正有心敬師的同學們，從此不要再作無謂的鋪張與浪費。

女生制服

每當我看到那些穿著深色制服，留著短髮，揹著大書包時中學女生時，心中就感到戚然。看她們的雙頰多麼紅潤！看她們的笑靨多麼動人！但是，為什麼要她們把頭髮剪得短短地齊著耳朵，而且腦後的髮根還要剃得青青的？為什麼要她們穿著一套黑色的男裝上衣和長褲？或者一身藏青色的衣裙又縫得一點也不合體？為什麼要她們揹著一個黑色的或者深色的難看的大書包？使她們在花樣的年華裡失去了美的享受。

學校規定制服的目的是要求在外表上整齊劃一；然而，整齊劃一是否就必須採用黑色或深藍色？記得我上高中時，夏天是一套純白的衫裙，剛好過膝的裙子，穿起來十分好看。學校也沒有規定我們的髮型，有些同學燙了髮，有些長髮垂肩，也有梳著辮子的，儘管如此，也不會看著參差不齊。那時，我們用的是籐織的皮箱型書籃，也比今日的帆布書包好看得多。

女孩子都是愛美的，強迫她們穿這種老氣橫秋、毫無美感的制服，會引起她們的反感，使得她們在假日裡穿上奇裝異服。假使我辦學的話，我一定為我的學生（包括男女）設計兩套顏色比較悅目，而式樣又比較美觀的冬夏制服，使他們有愉快的心情來上學，對學校生活也因此而產生更多的好感。

此間的夏天女生制服，大多數是白上衣配以深色的裙子，這還沒有什麼。冬天制服就很多不合理的，譬如那件又寬又大的布製外套，既難看又不禦寒，真是一無是處。臺灣的呢絨便宜得很，假使指定一種呢絨做成套裝，裡面再配襯衫或套頭毛衣，豈不是實用和美觀都兼顧了嗎？

我們是個文明而自由的社會，但願，不久的將來，再也看不到臃腫難看、黑色或深色的制服穿在如花的少女身上。

社會大學

每年暑期一到，便有大批青年學生離開學校，走向社會，邁上就業之途。但是，由於我們的社會人浮於事，僧多粥少；所以，能夠為自己謀得一份差事的，已經算是十分僥倖，就算學非所用，工作不合興趣，也就只好暫時委屈自己一下，騎驢看唱本——走著瞧。至於一些沒有專長，而又缺乏人事背景的，更是到處奔走，徬徨終日，嘗盡了畢業即失業的況味。大學畢業生甘願當工友的，已並非奇聞。

常見一些剛從大學出來的青年人，心高氣傲，以為一入社會，立即可以施展抱負，有所作為。誰知，事實上並不如此單純。從事一件工作，學問與知識固然重要，而經驗尤不可缺，因為熟能生巧，經年累月累積而來的經驗，自有其寶貴的價值。而課本上的知識，又往往只是紙上談兵，不能實用。因此，沒有實際工作經驗的年輕人，一下子就想施展自己的抱負，那是十分困難的。

學校裡學來的知識是一回事，社會上的實際情形又是另外一回事。一個在學校裡成績優異的學生，未必就是一個能幹的職員。一個大學電機系的畢業生，他的工作能力不見得就比一個資深的技工為高。所以，一個剛入社會工作的年輕人實在不必斤斤於計較職位之高低、待遇之多寡以及工作之有無興趣。你不妨把你這份工作當作是學習性質，極力的從中汲取實際經驗，學習一些做人的態度。在這個五花八門的世界上，可學的事情多得很，這原是一所你從來不曾涉足過的社會大學啊！

成人教育

也許是由於許多年來身受惡補和升學主義之苦吧，一般人離開學校之後，都有如釋重負之感。他們把書本束之高閣，再不想求知，偶然看看報紙，便已經很不錯了。

假使你也這樣想，便大錯特錯了。讀書求學，所得來的知識與技能，是供你一輩子受用，其目的又豈在應付考試？

離開學校進入社會，雖然不一定會應用到課本上的知識，但是社會上五花八門的學問，要學習的地方可多著呢！要是故步自封，不求進取，那又怎跟得上時代？怎麼能夠出人頭地？

最近在一本西德出版的雜誌上看到一篇有關成人教育的報導，知道西德的成人教育非常發達。那些為成人而設的夜間補校，在開學之前，數以百計的對知識餓渴市民都耐心地排著長龍，等候註冊。這些學生有男有女，年紀都很大，有的已經六、七十歲了。他們選修的科目主要的是外國語、英文、拉丁文以至阿拉伯文、中文、日文都有。其他如數學、電子學、音樂、繪畫等都有人去學，可見他們興趣之廣。

常見此間的中年人甚至青年人，公餘之暇，不是流連歌壇舞榭，飲食徵逐、就是沉迷於牌桌。虛擲大好光陰，令人惋惜。要是每個成人，每天都能抽出一個鐘頭去接受再教育或者自己讀點書；那麼，不但他們自己獲益，整個社會的教育水準也會因此而提高啊！

民族自尊心

「我家『下女』回家去了，今天我沒有帶『便當』來，中午我們到『西門町』去吃小館子好不好？」

上面這三句話，是我們日常隨時可以聽到的。也許說者無心吧？但是有心人聽了卻會感到難過，因為這裡面包括了三個並非不能翻譯過來的日本名詞。

難道真是積習難移嗎？為什麼不說「女傭」、「飯盒」和「西門區」？中國人說中國話，為什麼要讓日本名詞變成我們的外來語？

更有一些人，也許他們連英文字母也還沒弄清楚，在說話時卻非夾帶幾個洋字不可。什麼「康米松」、「配紙」、「太可惜」、「媽咪」、「爹地」……，朗朗上口，亂唬人一把。他們大概以為要是說「傭金」、「頁」、「計程車」、「媽媽」、「爸爸」，就太土氣了吧？

我們的一些商品，根本不是外銷的，包裝上也全用英文，也不知是要冒充洋貨還是以為這樣就可以抬高身價？

近年新建的一些豪華大廈，他們不採用「漢宮」、「華夏」、「大漢」、「燕京」、「金陵」這一類的國粹名字，而紛紛把「白宮」、「華盛頓」、「劍橋」、「白金漢」……搬到臺北來。數典忘祖，可說莫此為甚！

有人把頭髮染黃；有人非洋貨不用；有人在國人面前趾高氣揚，在洋人面前則奴顏婢膝；有人……

我要問問這些人：你們有沒有民族自尊心？假使你們不願意做中國人，那麼，我們亦以你們為恥。

饞嘴的觀眾

我一向很少參加晚會之類的場合，一則怕擠，二則對那些歌舞節目也是興趣缺乏。前兩天，有位友人請我去看西德來的室內馬戲表演，由於我生性喜愛動物，也就欣然前往。

誰知一走進中華體育館，我的興致就冷了半截。那簡陋的場地、那髒亂的環境、那悶熱的程度（既無冷氣又無電風扇），真令人難以置信這是現代臺北市的一所體育館。不過，既來之則安之，為了不忍拂逆朋友的好意，只得拿出幾張衛生紙鋪在被人踐踏過的座位上，勉強坐下。

且不談節目的好壞，最令我不能忍受的是除了熱以外，就是全場觀眾不斷吃喝的「表演」。座位本來就已狹窄，根本沒有走道，每個的人膝蓋都碰著前一排觀眾的背部，偏偏那些兜售零食的小販還要穿梭而過，既擋視線，又要欠身讓路，令人不勝其擾。他們賣汽水、冷飲、冰淇淋、麵包、水果、各種零食，居然還有人賣西瓜。而全場的觀眾，不論大人小孩，也都在大吃大喝，眼睛忙著看，嘴巴忙著吃喝，就是一雙手沒法子騰出來鼓掌。

我和我的朋友被包圍在一群饞嘴的觀眾之間，動彈不得，不但得提防他們喝冷飲，吃冰淇淋和西瓜時把汁液滴下來，又怕小朋友們黏搭搭的手碰到我們的衣服，簡直是活受罪。散場後，整個會場已變成一個垃圾場。

邊看邊吃也許是一種享受，你在家裡看電視時儘可大吃大喝；但是，在公共娛樂場所這樣做，卻是沒有公德心、製造髒亂而且嚴重的妨礙了別人。

耶誕真義

我常常覺得我們中國人也真會享福。自己傳統的節日：農曆新年、元宵、端午、中秋、重陽、冬至等固然要過；一些國定的假日要過；而洋人的宗教節日——耶誕，我們也要過。一年到頭，腦筋裡想的就是吃喝玩樂，如何充份去享受人生。試想：假使有一半以上的國民都存有這種觀念，國家又如何能夠強盛起來？

歡渡我們自己的節日，是為了調劑生活，那倒是無可厚非的。最不應該的是一般人往往藉耶誕之名而狂歡達旦，這真可以說是荒謬絕倫的行為。

耶誕之所以流傳於全世界，原是天主教徒和基督教徒慶祝他們救主的降生而有的。在這一天，他們用杉樹、冬青、蠟燭和鈴鐺裝飾屋子，闔家團聚，互贈禮物，上教堂作彌撒或禮拜。想想，這是多麼和平與安詳的節日，而我們的非教徒們，卻利用這一天來飲宴、跳舞、窮奢極侈，通宵徹夜，不醉無歸。他們根本不明白這個節日的真義，不知道耶穌基督是個什麼樣的人，什麼樣的神。罪過啊！罪過！在教徒的眼中，這真是一個罪人！

今年，政府為了厲行節約，內政部長已於日前宣佈：不論任何場所，都不准藉耶誕之名舉行舞會或同樂晚會；而一些娛樂場所，在當夜也不得延長營業時間。這是一項很明智的措施，等於給予那些醉生夢死的人當頭棒喝。

勿論你是否教徒，假使你要過耶誕，那麼，請你把準備過節的費用，轉贈給需要你幫助的窮苦的人們吧！這樣，才符合了耶穌基督救世的精神。

讀書風氣

偶然到書店或書城逛逛，每次，都引起我無限的感觸：為什麼書店的顧客百分之九十九都是青年學生？難道成年人都不需要讀書？我們的成年人（尤其是中年以上的人）哪裡去了？他們是不是都躲到電視機前面和麻將桌邊呢？

我們讀書風氣之不盛，的確是無可諱言的事實。書店裡沒有成年顧客是一個證明。以我自己日常接觸的人物為例：辦公廳裡面的同事，除了報紙和雜誌之外，我沒有看見過有人利用閒暇讀書。到親戚朋友家中，裝飾在他們客廳裡的，也都是漂亮的酒櫃而不是書櫥。在他們客廳茶几的下層，若有幾本電影雜誌、時裝雜誌、大型書報等擺放著，就已經算是頗有文化氣息的了。

成人為什麼不愛讀書？我想：這一定是由於他們沒有這個習慣，也可以說不求上進。當他們剛離開學校時，他們一定是這樣想：好了，從此以後我再也不必去啃那些撈什子的書本了，我已經是個自由人啦！就這樣，抱著對書本厭棄的心情，年復一年的，果然就與書本絕緣，思想也就與時代脫節。代溝之產生，與成年人之不愛讀書，多少不無關連。

由於大多數人不愛讀書、出版界遂發生了不景氣的現象。出版界不景氣，著書的人寫不出好作品，沒有好作品，一般人就更加不愛買書。這是一種惡性循環。日本人的讀書風氣很盛，在上下班的電車上，幾乎人人手不釋卷。所以，日本的出版事業非常蓬勃，而他們的名作家的收入，往往比電影紅星還要高。這可見讀者、作者和出版者的關係是不可分割的。

我希望愛讀書的年輕人，要多多的影響你們的父母和家人，鼓勵他們讀書，為他們介紹一些合適的讀物。當他們也像你們一樣能夠從書本中找尋樂趣時，你們之間的思想必定愈來愈接近。

讀甚麼書好？

常常碰到一些年輕朋友問我：「該讀些什麼書好？」這個問題，總是使得我一則以喜，一則以惶恐。喜的是遇到這麼多的同道，足證愛讀書的人還是不少。惶恐的是自己何德何能，怎敢以一副「青年導師」的姿態、作權威狀來指點他們該讀什麼書呢？

但是，我知道社會上的確有許多青年（尤其是失學的）想讀書而苦於不知如何選擇。坊間花花綠綠、五花八門的出版物都把他們弄得眼花撩亂了。出版社又都喜歡投青年之所好而一窩蜂地出同類的書，無所適從的讀者，也就只好盲從地去買那些所謂暢銷書、熱門書，因此就使得那些書更加暢銷。出版社又因為那些書暢銷而再拚命印，於是，就形成一種惡性循環。至於那些暢銷書是否有價值，是否值得大捧特捧，就很少人去考慮到。

對那些徬徨在坊間的書海中的人，假使他並沒有對那一門學科有特別興趣，而只是想從書本中獲得安慰與知識。我總是勸他們不妨讀讀名人傳記、名家雜文與小品、遊記以及敦品勵志、探討人生等這一類的書籍。因為讀名人傳記可以見賢思齊，激發自己的向上心。讀名家雜文可以瞭解名作家的思想以及學習他們優美的文筆，讀遊記可以增廣見聞。讀勵志文章可以修養性情。事實上，每一家書店的書架上都是分門別類地把圖書分別陳列的，在買書之前，先認清目標，去找你想讀的那一類，那就不至在浩瀚的書海中迷失了。

純情與畸戀

因為受了廣告的誘惑而買了一本所謂的暢銷書《畢業生》回來看，看完以後，不但大呼上當，甚至感到憤怒。這本小說為什麼會暢銷？它的好處在那裡？想來想去，除了大約是因為美國人的觀點跟我們不同之外，恐怕再也沒有別的理由了。

跟另一本暢銷小說《愛的故事》相比，它們是同類同型的，作者的目的都是想表現現代青年的叛逆心理，但是表現得一點也不深刻，只給予讀者以浮泛的印象。而使得我們中國讀者最反感的是：兩本小說中的男主角，都可以說是極為不孝的兒子。

說到小說的主題，《愛的故事》寫的是少年男女的戀愛，倒也值得同情。《畢業生》寫的卻是中年女人勾引少年男子，少年男子在跟這個女人有了曖昧之後，卻又無緣無故、死皮賴臉的去追求她的女兒，簡直是莫名其妙。

這類「老女少男」的畸戀故事，近年來歐美似乎頗為風行。像莎岡的一本小說《你喜歡布拉斯姆斯嗎？》改編電影譯名《何日君再來》，以及已經要上映的《昨天再見》都是。大概小說家和劇作家們對於少女愛上中年男人的故事厭倦了，所以另闢蹊徑吧？

記得以前還有兩部電影《茶與同情》以及《慕情》，也都是描寫男孩子暗戀成熟女性的。但是這兩部片子的內容都能發乎情而止乎禮，詩一般的故事，散發著淡淡的哀愁。對那個不懂事的孩子，我們只有同情而不忍苛責。

今天，想看這類「純情」的電影和小說已看不到了（也許是不再受人歡迎吧？），代替的卻是泛濫的色情故事。像《畢業生》就是完全以慾為主的，這正是我鄙棄它的原因。純潔的愛情是正當的；違反禮教的「畸戀」卻是汙穢的肉慾。

請唱國旗歌

不知道為什麼，忽然間想起那首旋律和辭句都極其優美的《國旗歌》：「看國旗，在天空，飄飄蕩蕩趁長風。顏色麗，氣度宏，青天白日滿地紅。……」我低低的哼著，愈哼愈覺得它動聽悅耳。這首歌，好像是因為孩子們念小學時常在家裡唱，所以我也跟著學會的。奇怪的是，事隔多年，我竟然還完全記得。而我自己做學時唱的那首黃自作曲的《國旗歌》，我也沒有忘記。黃自的《國旗歌》，在優美中又加上莊嚴肅穆的韻味，與前述的《國旗歌》（可惜不知作曲者何人）可說是異曲同工，各有千秋。

於我有了這樣的感想：我們有著這兩首（也許還有更多）好聽的《國旗歌》，除了在學校裡面，一般人為什麼都沒有機會聽到呢？這兩首《國旗歌》不但旋律優美動聽，可以美化人們的情操；而且它們的歌辭又有振奮士氣、激發愛國心的功用。假使中製或臺製能把這兩首《國旗歌》的混聲大合唱灌音，配以適當的畫面拍成紀錄片。各電影院每場在國歌之後放映一次；各電視臺每天在每一次開播前各放映一次。另外，灌成唱片，各廣播電臺每天在每一次開播時各播放一次。每逢星期假日，在各通衢大道設置廣播站，放給市民聽。各種晚會和同樂會（尤其是要電視上轉播的），也要常唱國旗歌。使這兩首雄壯的歌曲，人人會唱，是不是可以逐漸取代那些軟綿綿的流行歌呢？

事實上，近年來我們這個社會已經被到處泛濫的靡靡之音弄得人人骨頭酥軟。要是能讓《國旗歌》以及更多的愛國歌曲作為我們的黃鐘大呂，以發聾振聵，移風易俗，豈不是一項有意義的社教工作？

勿摧殘童真

近年來很少看電視上的綜藝節目，因為這些節目內容千篇一律，儘管巧立名目，但是怎樣也脫離不了猜謎、舞蹈和唱流行歌，使人發膩，不看也罷。

前幾天，為了要收看一個影集，無意中看到了一個歌唱比賽的節目，參加者都是小朋友。聽聽小朋友們唱兒歌和他們從學校裡學來的歌；或者讓小朋友們有機會在大眾面前表演一下，都是很有趣也很有意義的事。從前，我的孩子幼小時，我就常常要他們唱歌，並且帶他們到廣播電臺去參加兒童節目。

然而，我所看到的那些在電視機前比賽的小朋友唱的是什麼歌呢？他們唱的是音調靡靡、歌詞肉麻的國、臺語流行歌。尤其是那首酒家女最愛唱的《望春風》，歌詞雖然不至黃色，但是那些鄙俗不堪的懷春口吻，卻自一個天真無邪的兒童口中唱出來，總覺不對勁。而且，參加比賽的男女兒童，在表演和動作上，全都模倣那些時下的歌星：飛媚眼、扭腰、扭臀。令人感覺到這是世界上最不調和的現象而不忍卒聞，不忍卒睹。摧殘童真，真是莫此為甚。

這得怪誰呢？各電視臺難免有大力提倡流行歌曲之嫌；可是，做家長的為什麼要任由孩子耳濡目染，甚至讓他們模倣歌星的唱法，還要跟別的孩子競賽誰學得更像呢？難道除了流行歌，就沒有別的歌可唱？

且不說世界聞名的維也納合唱團。我們的榮星兒童合唱團不也唱得很好嗎？每一次，當我聽到這些可愛的小天使用清亮的童音和諧地唱出悅耳的名曲時，我就會情不自禁地熱淚盈眶。我在這裡誠懇的呼籲：泛濫在整個社會和每個家庭中的流行歌曲已經腐蝕了無數成年人的意志了，千萬別再讓這些靡靡之音去摧殘孩子的天真吧！

反暴力

我很少看國片，並非不愛國。事實上，像《秋決》那種水準的，幾乎千載難逢。屢屢失望之餘，也就不想上當了。尤其是自從「拳頭片」當道以來，就更是「不忍卒睹」。

近來，在電視上，常常可以看到介紹國片的片段，證明瞭我對國片的認識還不算孤陋寡聞。幾乎每一部電影，鏡頭上出現的盡是一片刀光劍影、喊殺連天。演員不論男女，個個面貌猙獰、橫眉怒目，咬牙切齒，窮兇極惡。最令人不解的是，一些嬌滴滴的女演員，也在劇情的限制下扮演起兇神惡煞般的「赤查某」，真是令人替她們叫屈。

生平痛恨暴力。殘忍的運動如拳擊、摔角；影片如西部、戰爭、武打等一律不愛看。我總覺得，「以力服人者霸也」，以德服人，才能使人心悅誠服。在最近的國片中，有些是以表現中國人的偉大為標榜的，片中人個個看來有如市井無賴，滿臉兇相，動不動就對人拳腳兼施，似乎務必置之死地而個已。這種表現，不但有違儒家的仁愛之道，更不合我們東方人和平的精神。堂堂中國人難道非靠一對拳頭和一雙飛毛腿才能將敵人制服嗎？若讓這種主題的影片風行下去，我真擔心這種義和團式的思想會給年輕一代以不良的影響。

東方人的作風是穩健而含蓄的，武打片不是不能拍，不過應該有異於西方的那種猛烈兇殘。由此我不禁想到日片《宮本武藏》（我實在不想以日片作例子，但是沒有辦法），人家是多麼的溫和敦厚，並不隨便殺人，大智若愚，其實勇不可當（西片《原野奇俠》中的Shane也是這個造型）。這樣的英雄，智勇雙全，並非有勇無謀的匹夫之輩，才合乎我們東方人的和平精神，也才能表現中國人的深藏不露與偉大。

導人迷信的影片

我雖是一個讀文學的人，但對世間一切事物，我只聽從「賽先生」的判斷，所有的異端邪說，都認為無稽之談。譬如說近來「流行」的鬼電影吧，我一點也不感興趣。就算轟動如《大法師》，我看過之後，也認為除了令人噁心之外，一無可取。

最近，朋友邀我陪她去看一部鬼片，因為盛情難卻，只好奉陪。誰知，一開始就上了當。我們的座位靠近一具擴音器，正片才放映不久，忽然頭上一陣天崩地裂的巨響，立刻引起全場騷動，以為是屋頂塌下來，等到弄清楚那原來是音響效果，大家已飽受了一場虛驚。

以後，這巨響便不時出現，加上銀幕上醜惡的形象，觀眾的耳膜和神經在飽受虐待之餘，根本就無法收到娛樂的效果。加以故事幼稚，演員表現惡劣；除了「惡有惡報」的主題還算正確外，我不相信會有觀眾甘心情願接受這種精神虐待。

我們這個社會什麼事情都喜歡一窩蜂。就以拍片為例，從黃梅調而武打而鬼怪，為求票房價值，便不惜抹殺藝術良心。雖然其間也曾出現過幾部有意義的片子如《英烈千秋》、《吾土吾民》、《八百壯士》等，但究竟為數有限，難以扭轉乾坤。

電影和電視同是最易收效的社教工具，它們對社會的影響力，是立竿見影的。如果大家競拍鬼片，扮鬼嚇人，導人迷信；那麼，我們的第八藝術還有什麼前途可言呢？

輯三　父母子女

孩子眼裡的媽媽

「我媽媽每天晚上九點就逼著我去睡，人家功課還沒有做完，她也不管。」「我媽媽每天都強迫我喝牛奶，人家已經這樣大了，又不是小孩子。」「我媽媽還不是一樣？說什麼鷄蛋最富營養，每天便當盒裡不是荷包蛋就是滷蛋，弄得我一看見蛋就倒胃口。」「其實，這是你媽媽愛你的表現呀！」「我當然知道。不過，我覺得媽媽有時不大懂得我們的心理。」「嗯！媽媽好像管得太多，她自己怕冷，冬天裡就老是逼我多穿衣服」「……」

在公共汽車上，兩個坐在我旁邊的國中一年級小女生，在滔滔不絕地談著她們的媽媽。她們清脆的聲音像是春晨小鳥的啁啾，聽得我渾身舒泰。我一方面在心中嘆息自己的「命中無女」，羨慕別人有這麼可愛的女兒；但是，當我聽到了在她們口中的媽媽竟似是在描繪我時，我又不禁悚然而驚：自己到底是不是一個好母親呢？

的確，「管得太多」是大多數「以為自己是個好媽媽」的人所常犯的毛病。這些媽媽，對兒女的飲食、衣著、起居固然要管；對他們的學業、課外活動和交友也要管；管得無微不至，無所不在。管得孩子們完全失去自由，失去意志，就像個木偶般任人擺佈。

我自己就是個管得太多的母親。我的孩子雖然因為從小被我嚴管而還算用功、聽話；然而卻變成了完全不懂世故、不會料理自己的書呆子。幾年前，我開始有點著慌了，我決心在他們上了大學以後就不再管。也不知是積習難移，還是因為孩子實在太不懂事和太缺乏獨立的能力；到如今，老大已經大學畢了業，有許多事我還是不得不管。要想完全放任，恐怕要等到他娶了媳婦以後吧！那時，他又該給太太管了。

車上兩個小女孩的一席話，無異是給予所有「管得太多」的母親們一次當頭棒喝。不要以為小孩子不懂事，其實，他們懂得才多哪！幾千年來，我國父母親的權威太大，對孩子們教訓得太多了；有時，冷靜下來，聽聽他們怎樣批評成人，倒是很有趣的一回事。

母親的心

我不知道別的母親是不是像我一樣緊張，每一次，當孩子們遲歸，我就會坐立不安。尤其是騎車上學的，只要他不按時歸來，我就會以為是出了車禍而捏一把冷汗，直至人兒安然回到家中，心上的一塊大石才放了下來。

老大在服預備軍官役那一年，是使我最提心吊膽的一段時期。因為他一星期只能回家一次，於是，週末的晚上就是他和他的女朋友約會的日子。他出門之前，我總是諄諄囑咐他要早點回來，但是，在戀愛中的孩子那會有時間觀念？明明答應好在十一點以前到家的，結果卻往往延到午夜以後。於是，從十一點以後我就開始緊張。人雖然安靜的躺在床上，腦子裡卻在胡思亂想，有如萬馬奔騰。是不是出了車禍？錢包被扒？還是遇到不良少年？疑神疑鬼的，儘管極為睏倦，但是卻怎樣也睡不著。而枕邊那個人卻早已鼻息如雷，使我感到又羨慕又忌妒。

我常常覺得：這種焦慮、緊張而又擔憂的心情真是夠折磨人的；那股難受的勁兒，若非身受，實在難以形容。我想：我那些在青絲底下偷偷萌生的白髮，一定就是在這種時候長出來的。《古詩十九首》裡面有一句：「思君令人老」，倚閭候兒的心情，又何嘗不令人老？

做母親的人也許就是註定要一輩子受苦的。從十月懷胎起，經過生育、撫養的痛苦與艱辛，等到他長大了，還得為他的學業、戀愛、就業與婚姻而躭憂。當他還在家裡的時候，固然經常得為他的遲歸而倚閭盼望；當他離開家以後，還得為那張薄薄的，從遠洋飄過來的藍箋而望穿秋水。

「衣帶漸寬終不悔，為伊消得人憔悴。」這就是母親的心。

「黃媽時代」

自從康華先生在中央日報副刊發表了〈黃媽時代〉一文以後，有子女在海外的中年人又多了一個話題。彼此見了面，總會開開玩笑說：「你什麼時候到美國去做黃媽？」而一些有心人則開始憂心忡忡，認為我國傳統的孝道將因「黃媽時代」的來臨而式微。

以我個人的淺見，這種擔心是多餘的。父母都愛子女；而在當了祖父母之後，尤其疼愛孫兒。在昔盛行大家庭制度時，媳婦忙於家務，照顧幼兒的工作多落在婆婆的身上。即使這對婆媳的感情並不和睦，婆婆對這份工作多數能甘之如飴，蓋愛孫之天性使然也。至於現代的人，年輕的一代多數夫妻均在外工作，於是，「把孩子交給奶奶（婆婆）帶」，又變成了理所當然、義不容辭的事。要是這位奶奶（婆婆）還不至於太老邁，而身體又還健康的話，不是正可享受含飴弄孫之樂？又何必以「黃媽」自況？

尤其是住在國外的小夫妻，他們為了學業和生活，早已弄得焦頭爛額、疲於奔命；假使他們的父母能夠為他們解除後顧之憂，那將是求之不得的事。所以，到海外去探望（依附）子女的父母，必須先有心理上的準備：此去不是為了享樂，而是為了支援子女。這樣，就不會感到失望或難堪了。假使不想到了晚年還要操勞家務，那麼乾脆在自己家裡做老太爺老太太好了。須知：在美國那種高度發達的工業社會裡，是連老年人都很難像我們這樣悠閒地享清福的。

勿忘曾是過來人

一位父親，因為他那年事尚輕而經濟基礎還沒穩定的兒子急於結婚而大為震怒。他認為兒子這種行為是「膽大妄為」、「不知天高地厚」、「盲目衝動」和「不懂事」，他愈想愈氣，罪名也愈想愈多。

但是，他忘記了自己在剛剛結婚時也是個窮光蛋，他今天的名成利就，是靠二十多年努力得來的。對自己今天的成就，他經常以「白手成家」、「赤手空拳闖天下」而自豪；那麼，他為什麼會認為已經有了一位安定的工作的兒子沒有資格結婚呢？

固然，等到經濟已有了良好基礎才結婚，對未來的家庭幸福可以有較多的保障；可是，除了有父兄財勢可以倚恃的人以外，又有幾個剛踏進社會的青年，敢自命「有錢」的？時下的徵婚廣告，小姐們每每以「高職，有儲蓄」為擇偶的主要條件，要知道：「高職，有儲蓄」的男士，十之八九是禿頂而大腹便便的中年人啊！

我無意鼓勵羽毛未豐的少年男女早婚。我只是想提醒做父母的人，在教訓自己的子女時，不要太過主觀，有時也應該站在年輕人的立場為他們著想。要知道，假使青年人能夠像中老年人那麼沉著，想得那麼周到，考慮得那麼多；那末，他們就過於「少年老成」，不像個青年人了。因為青年人最可貴之點就是他們的有朝氣和有衝勁。

在教訓自己的子女時，勿忘自己曾是過來人，將會減少很多兩代之間的磨擦。

兩代之間

前幾天在某報副刊上看到：一位老先生寫他自從老妻死後住在兒媳家中的情形的文章，他用極為冷靜的語調寫出老人內心的寂寞，也隱約表達出老人如何不受下一代的歡迎，寫得相當動人。

老先生的媳婦和孫兒對他都保持禮貌，但是，連兒子在內，他們對他都很冷淡，彷彿視撫養他為義務，使他無法享受到天倫之樂，這又豈是一個垂暮之人所能受得了的？

過去，筆者已不止一次談到孝道式微的問題。現代的父母愛護子女無微不至，視同掌上珠，視同心頭肉，是名符其實的孝「子」；但是，他們能反過來這樣去孝敬高年的父母嗎？他們的子女長大後又會這樣去孝敬他們嗎？固然，養育子女並不是為了反哺；可是，老人必須被愛，因為敬老是我們的傳統美德。

前一陣子我的兒子感冒發燒，我緊張兮兮地為他煎茶買藥，求他去看醫生，一天問他病狀無數次。這幾天我也傳染到流行性感冒，雖然還支撐著照常工作，但病得實在不算輕。兒子根本就沒有問候過一句。似乎我照料他是理所當然，而我生病卻跟他毫無關係。可知，想要求下一代像我們愛他們那樣愛我們，好像已不太可能了。

太過溺愛子女，養成他們在家庭中唯我獨尊的性格，是現代父母的通病。唯其他們把孩子捧得太高，所以孩子才會「目無尊長」。從別人的例子中，我們似乎已隱約看見將來老年寂寞的影子了。

今之「孝子」

朋友向我訴苦說：她的女兒都已經出來做事了，但是她還得每天早起為她準備早餐和中午的飯盒。原來以為女兒大學畢了業她就可以享享清福的，沒想到她還得繼續伺候女兒。另外一位朋友也說：她的兒子也出來做事了，可是每天床鋪都不收拾，衣服襪子丟滿了整個房間就出門，使她不得不辛辛苦苦為他整理一番，然後，他下班回來，又把房間弄得一塌糊塗。

古人說：「莫為兒孫作馬牛。」而現代的父母，除了少數僱有僕役的家庭外，都是名副其實的為兒女作牛作馬，甘心「孝」子，直至他們離開父母，成家立業為止。以我一位親戚為例，當她的孩子們還在中小學時，她為了體念他們讀書辛勞，家事完全「免役」。升上大學以後，本來很想叫他們晚飯後幫忙洗洗碗盤；可是，由於他們愈幫愈忙，而且本身功課也不輕鬆，因此，又繼續免役下去。

如今，她唯一留在身邊的老麼也都畢了業，不須再做功課了；但是，她看見他下班回家一副勞累的樣子，便又不忍心叫他幫忙（難道她自己下班回家就不累？），習慣成自然，她的孩子很可能會認為媽媽內外兼顧是天經地義的事。

當然，我們這些資深的媽媽做家事做慣了，也並不希罕別人的分勞。問題是在：成年的子女還要母親伺候，是否應該？現代的父母把子女嬌縱到這個程度，又是否應該？

父母做「孝」子，是近二十年的事。假使這種「風氣」不變，十年二十年後，今日為人子女者就得去孝他們的子女了。這就叫「風水輪流轉」。

父母難做

幾位中年母親在一起聊天，不知怎的，話題忽然集中在兒女身上；而且，她們對自己的兒女，也都頗有微辭。

甲太太說她念大學的女兒一天到晚只知道打扮，從來不肯幫她做一點點家事。乙太太也抱怨說自己的女兒每月的薪水有七八千元，卻小器得只是象徵性地每月給媽媽一千塊，其餘通通胡亂花用得一乾二淨。丙太太說她的兒子簡直是把家當作旅館，除了回來睡覺，白天根本看不見人。就算偶然在家，也難得開一次口，難道他對父母已經無話可談？丁太太說她的幾個孩子小時候跟她都挺親密的，大家無所不談；但是現在長大了，假使她對他們多表示一點關懷，他們便嫌她嚕嗦，居然叫她少管他們。

這些，雖然也許只是母親「片面之辭」；可是，由於現代的父母都是「孝子」居多，他們只有千方百計的討好子女，從無拂逆。所以，我是寧可信其有的。現代的孩子太幸福了，人在福中不知福，父母對他們的千依百順，有求必應，他們已認為是理所當然。那裡會有絲毫感激之情？

西方的兒童心理專家們老是教父母們對子女不要管得太多，處處要遷就他們，順從他們；因此而造成了兒童在家庭中的特殊地位，也製造了問題兒童和問題少年。他們的主張，剛好跟我們「棒頭出孝子」的看法相反。

不管，就等於放任，也等於漠不關心；管得略略多了一點，又會引起下一代的不滿而加深代溝。如何才能恰到好處呢？父母真是難做！

還是女兒好

在一次朋友間的閒聊中，偶然談起了兒女問題，我發現：凡是家中只有壯丁而無千金的，無不怨聲載道，大嘆無女之苦，而對別人的能夠擁有掌上明珠，豔羨不已。由此可見，「不重生男重生女」的時代又已來臨，連年弄瓦的媳婦也不必怕公婆說話了。

女孩比男孩可愛；女兒比兒子依戀父母、體貼父母，這都是不容否認的事實。根據佛洛伊德的分析：女兒比較傾向父親，兒子比較傾向母親，這也是性心理的一種。不過，這種現象，只存在於童年。尤其是男孩子，等到他一到了懂得男女有別的年紀，便開始討厭「女生」。他不肯接受母親親暱的舉動，拒絕跟母親外出，拚命要表示自己是個「男子漢」。等到他對「女生」不再討厭時，他的興趣卻又灌注在美麗的女孩子身上，對老母親就更愈來愈疏遠，所以，沒有女兒，做父親的影響並不大，悲哀的只是母親。

常見有女兒的家庭，小時牽衣挽腿，如影隨形；時而歌舞娛親，嬌痴萬狀。及至亭亭玉立，初初長成，嬌痴不改，但卻懂事多了，既可幫母親下廚，又可照顧弟妹。母女之間，既可共話女兒經；有時又可打扮相同，雙雙逛街，作姐妹花狀。等到婚後，女兒又總是心向娘家，而且還多了一個孝敬岳母的半子。丈夫愛妻子，愛烏自然及屋。一向只聞婆媳有紛爭，又幾曾聽說岳婿不和（西洋人除外）呢？

就算男孩子也能善體親心吧？但是，男性天生比較魯莽、粗心、不拘小節，在行動的表現上，總不及女兒來得溫柔細心。我有一個朋友，有五個兒子而無女兒，連同他們的老子，從來沒有人記得她的生辰；倘若她不自行慶祝，就只好不過生日。這也是無女的悲哀也。

從打傘說起

聽見幾個年輕女孩子在談話，她們一致表示不喜歡在雨天帶雨具。麻煩死了，我寧願淋雨。這是她們的結論，也是一般年輕人的看法。

不論男女，十個有九個年輕人不喜歡打傘或者穿雨衣。你假如不相信，在下雨之前到街上去看看，當大雨落下來的時候，絕大多數的青年人都是措手不及的被淋成落湯鷄；而一些年紀大的人卻大都未雨綢繆的準備有雨具，這時正好派上用場。所以，平時你只要看一個女的皮包裡是否經常放著一把摺疊式的雨傘；男的是否在晴天也像張伯倫似的把雨傘當作手杖；就可以知道他們是否已進入作風穩健的中年。

以我家為例，不論晴雨，我的皮包裡，總放著一把小陽傘。丈夫是摩托車騎士，車袋裡也經常放著一套雨衣。騎腳踏車上學的兒子卻最討厭打傘，他在雨天原則是小雨讓它淋，大雨則改乘公車上學。有時，在陰霾密佈的天氣裡，他空著手出門，丈夫要他帶傘，他硬是不聽，為此，父子往往弄得不歡而「散」。

打傘是一件很小很小的事，但是，從這裡也可以看得到「代溝」。年輕的一代愛好自由，不願意受拘束。一傘之微，也視同累贅。年長的人看法文不同；為了避免被雨淋，為了維護身體的健康，帶一把傘又何妨。何況現在的摺傘和雨衣在攜帶上都很方便。

兩代人的看法和想法都不一樣，這就是「代溝」的由來。其實，少年人的朝氣、衝動與進取心，中年人的穩健、謹慎與細心，都是他們的優點，值得效法。如果兩代之間能夠調和，互取其長，也就不至發生衝突了。

中間的一代

一位朋友因為晚婚，所以年近六旬還要供應三個孩子的教育費，而且上有高堂需要他的撫養。對一個白領階級而言，仰事俯畜，的確會有捉襟見肘的窘境。另一位朋友，雖則幾個孩子都已長成，但是出國的出國，結婚的結婚，各人都自顧不暇，無法盡反哺之責，以至他遲遲不敢退休，深恐一旦不工作，即失去生活憑藉。

我對他們說：「養兒防老」的觀念早已落伍了，在物質文明高度發達的社會中，每個人都得為生存下去而奔波勞碌，尤其是新成家的年輕人，更得為紮好根基而賣命。養育下一代是他們不得不盡的責任，想要他們供養上一代，恐怕是力不從心了。你們要享老太爺的福，大概還得多等十年、廿年。等他們的經濟基礎穩固了，人也到了中年，於是，他們也就變成必須仰事俯畜的中間的一代；然後，又該他們埋怨他們的兒女不能反哺了。風水輪流轉，人生就是如此這般。

從前，在人生的各個階段中，是春耕、夏耘、秋收、冬藏。如今卻是，不單只少壯要努力，中年更是任重道遠（大概這就是中年期之所以能延長到六十五歲的緣故），上一代和下一代都得倚靠他們。到了七老八十的高齡，要是子孝孫賢，也許還可以享享所謂晚福。否則的話，就只有進老人院的份兒。這真是現代人的悲哀。

母子的抬槓

在我的四個孩子中，本來有三個和我是聽古典音樂的同道；但是，近兩三年來已有兩人「背叛」了古典而就熱門。目前，唯一還留在身邊的么兒更是徹頭徹尾的來一次一百八十度大改變，只要他在家，就大放他心愛的搖滾樂。

為了怕製造代溝，為了保持家庭氣氛的和諧，我從來不敢反對兒子聽他所謂「年輕人的音樂」，也很少表示對這種音樂厭惡。有時，他把音量開得太大了，或者唱片中的怪叫實在使人受不了，我頂多這樣問他：「這種音樂到底有什麼好聽？」

「那麼，古典音樂又有什麼好聽呢？」兒子居然蠻不講理反唇相詰。

「起碼古典音樂的旋律和諧而悅耳呀！」

「和諧不一定就悅耳，現代的音樂是不講究和諧的。」

我說他沉迷這種吵吵鬧鬧的搖滾樂是盲目崇洋。他說古典音樂豈不也是舶來品？我說藝術無國界。他說搖滾樂也是藝術嘛！

每次，母子二人的抬槓都到此為止。因為假使再辯下去，勢必會爭到臉紅脖子粗，不歡而散。還是省回一口閒氣吧！反正我並不想改變他。

我實在不太明白現在一般年輕人的心理，幹嘛一窩蜂地迷上那敲敲打打、又蹦又跳，唱得聲嘶力竭、彷彿扯裂心肺的西洋熱門音樂？是為了表示自己夠「現代」嗎？立體音響所發出來的躁音，真是會把人的耳膜震聾的。若說是這種音樂可以發洩青年男女過份充沛的精力，那為什麼不去從事各種體育活動呢？坐在沙發上聽，就算聽得搖頭晃腦，也不見得會消耗多少熱量呀！

做白日夢的孩子

有些孩子，在上課時精神不能專注，老是眼望窗外，心不在焉，對老師的講解聽而不聞。不用說，這樣的孩子功課自然不好；但是，他是不是一個笨孩子呢？

專家告訴我們：不用擔憂，讓你的孩子做白日夢吧！因為他們將來可能變成偉大的天才。美國著名的神經科醫師柏頓博士認為做白日夢是想像行為之一，應該加以鼓勸。他覺得很多家長和學校都壓制了兒童的想像而強迫他們去讀課本，那是不對的。語文和算術當然很重要，不過，我們不能用這些來判斷孩子的智力。

柏頓大夫說：喜歡做白日夢的孩子並不愚笨，他舉愛因斯坦為例。愛因斯坦在學校時成績並不好，他就是一個白日夢者。此外，童話大家安徒生、發明家愛迪生、雕刻家羅丹、前英國首相邱吉爾……等等，都曾是想像力豐富而學校成績不佳的孩子。

在我們的社會裡，父母望子成龍之心太切。一般人所寄望於子女者，就是想他們進一流大學，然後放洋鍍金。於是，這一代的所謂標準青年，都是一個模子鑄出來，幾乎沒有個人的理想。有些孩子可能不是塊讀書的料子，但另有所長，而父母卻逼他按部就班地往大眾那條路上走，以至他的所長無法發展。這樣做，到底是愛護他還是害了他？

假使你的孩子愛做白日夢，千萬不可罵他。留意他的興趣所在而加以鼓勵，給予培養。說不定他將來會是個偉大的文學家、科學家、思想家或畫家哩！

童年的影響

把大半生奉獻給非洲叢林，以替當地土人治病為己任的史懷哲（這個譯名，可圈可點）醫生，有「非洲之父」之稱，也是我所崇拜的現代人物之一。最近，重讀他的童年自傳，不禁引起很深的感觸：一個偉大人格的長成，童年環境是具有多大的影響力呀！

這位足可被尊稱為「廿世紀的聖人」而無愧的德國醫生，這位曾經得過諾貝爾和平獎金，偉大的人道主義者，擁有哲學、神學、醫學三種博士學位，又是一位傑出的風琴演奏家和作家。本來，他在家鄉是可以過著舒適的生活的；但是，他為了非洲黑暗大陸上無數可憐、貧困而無知的土人，不惜罔顧自己的健康，捨棄了文明的享受，放棄了本身的事業，毅然到非洲的赤道地區行醫，終其一生。他為什麼會有這樣崇高的人格？這樣的犧牲精神？請看看他童年的環境。

他出生在牧師之家，母親也是牧師的女兒。他從小就受到宗教和音樂的薰陶（所以他後來成為神學家和音樂家）；他從小就生性善良、愛護動物、痛恨殺生（所以他後來成為人道主義者）。因為他的家庭溫暖，父母對他都很疼愛；所以他長大後能夠把他的愛心普及到非洲未開化的黑人。

當然，像史懷哲這種具有基督精神的偉大人物，並不是人人所能企及。但是，我一想到我們大多數的兒童都生長在父母毫無忌憚地在子女面前吵架，對子女毫不關心，或者是充滿了煙氣、酒味與牌聲的家庭裡，就覺不寒而慄，這樣的家庭，又怎能期望下一代會有完整的人格？更別想他們將來有什麼成就了。

母親抑祖母

在小學生的作文裡，常常可以看到「白髮蒼蒼的老母親」這一類的句子；在時人的文藝作品中，也時常會出現「使我想起了母親滿頭的銀絲和多皺的面孔」這一類的話。這些句子看多了，在人們的心目中，便以為世界上所有的母親都是鶴髮鷄皮的老嫗，也似乎只有這樣的老太太們才有資格被尊稱為偉大的母親。因此，多年來，我們選拔模範母親，都規定要年齡在六十歲以上。這個規定，與四十歲的人也有資格當選傑出青年一樣可笑。

小學生的媽媽會不會白髮蒼蒼？寫文藝作品的青年的母親是否真的滿頭銀絲？他們在下筆時，絕對不是存心誇大其辭；很可能地，他們只是先入為主的總以為凡是母親都是老太婆而已。其實，做母親的人，最勞苦的時期大概是孩子出生後的十年間。雖然母親的一生都要為子女付出心血；不過，子女長大後的操心是絕對不能跟那個時期相比的。夙興夜寐，一把尿一把屎，小的在搖籃裡哭，大的在小床上鬧。年輕的母親們，總是恨不得爹娘多生她一雙手的。

我不明白為什麼從來沒有人歌頌和表揚年輕的母親？我不明白為什麼一定要子女都有成就的母親才算得上偉大？我覺得宏揚母教，應該只問耕耘，不問收穫。有些母親含辛茹苦，在困厄的環境中教養孩子；萬一她的孩子不幸早夭而不為人知，萬一她的孩子由於種種因素而不能出人頭地。那麼，難道這位母親便不算偉大？

六十以上而子女都有成就的母親們，早已晉級成為祖母了。要表揚她們，倒不如尊之為「模範祖母」吧！

輯四　女性面面觀

不做「花瓶」

根據我個人的觀察，辦公廳裡面的女職員，比男職員難管理得多，尤其是當一個機構中有著一群年輕的女職員時。

這些小姐們，往往恃著女性的「特權」，自甘在工作上落後於異性，或者乾脆撒賴偷懶。她們在辦公時間內成群結隊地上一號，一上就大半天；吱吱喳喳地談服裝、電視和電影；吃零嘴；打毛線；開溜去買菜，做頭髮，甚至逛委託行。三天兩天的請假；遇到較難的工作便推給男同事；假使上司責怪，她們便會使出殺手鐧——撒嬌或啼哭。當然，大多數的男士們都會吃這一套的，要是這位女職員長得漂亮一點，更是可以有恃無恐。

這就是一般人給予那些毫無能力、只有裝飾作用的辦公室女郎以「花瓶」封號的由來，也是一般主管不顧慮用女性員工的主因。這一類的年輕女性們不知自愛，不懂得敬業樂群，視工作為玩票，又怎能談得上男女平等？怎能與男性並駕齊驅？怎能在事業上有成就？

這一類玩票式的職業婦女之所以如此，她們無非是由於本身對工作並不重視，只作為離開學校以至結婚前的過渡時期（不像男性多賴以為生），一旦抓到長期飯票，也就輕易的放棄了。殊不知，工作對你的重要性只是你個人的事，你佔了這份職位，就得好好去幹，否則，是會影響到你所服務的機關的業務和令譽的。

對你的工作，無論你打算做一個月也好，做一年也好，為了女性的尊嚴，請你不要用玩忽和輕率的態度去從事。我們的工作能力並不弱於男人，為麼麼要做「花瓶」而讓人瞧不起呢？

閒能生病

我認識一位中年太太，孩子都已長大，出國的出國，住校的住校；丈夫忙於事業，每天早出晚歸。平日，家中就只有這位太太和一個小女僕。

由於無聊，她偶然也會到我家裡來串串門。但是，每次見面，她不談別的，也不問我的近況，就只知道大談自己的病況。不是頭痛、牙痛，就是胃病、風濕；再不然就是雞眼、灰指甲、婦人病、痔瘡。看什麼醫生，吃什麼藥，她都不厭其煩地一一詳細描述，她不怕浪費唇舌，我這個聽眾卻已不勝其擾。

且不談她的不懂說話藝術吧（怎可以滔滔不絕地對別人訴說自己的不愉快呢？）我看，這位太太簡直是庸人自擾，病由心生。她看起來結結實實、白白胖胖的，毫無病態；而自覺症狀卻那麼多，真令人感到可憐又可笑。說穿了，她實在是閒出病來的；因為藉著生病，她就可以常常跑醫院，看醫生，天天吃藥打針，不至於太無聊。

在我認識的中年太太裡面，有著這種情形的大不乏人。她們當年也都受過相當教育，只是，結婚以後，她們卻變得庸俗而懶惰，不但與書本絕緣，甚至打開報紙也只看電影廣告。在她們的生命中，除了打扮與玩樂，就沒有其他的意義。如此空虛的歲月，如此的缺乏精神生活，年復一年的，等到連丈夫和兒女都抓不住時，又怎不感到寂寞？又怎不鬧出病來？

當然，人到中年，由於身體組織日漸衰退的關係，是比較容易得病。不過，假使一個人懂得把握自己的生命，盡量的充實自己的生活，務使每一分鐘都不白過；在忙碌中，即使偶有病痛，自然不會放在心中。能夠忘記一些小病，經常以「強者」自許，雖然未必因此就會百病不生，起碼也不至於像我那位朋友那樣成天與藥瓶針筒為伍，變成「生病專家」了。

中年婦女的就業

第四四六期的《今日世界》，對今日美國婦女的就業情形，有如下的報導：「……今日的美國婦女大多數都在學校畢業之後，在社會裡做幾年事，然後結婚，接著在隨後的幾年裡專心建立小家庭，處理家務。（美國婦女大約有半數在廿一歲時結婚，卅歲生下最後一個子女）……很多家庭主婦都在最小的孩子上學以後，又外出找事做。結果很多四十五到五十四歲婦女都在社會上工作，一如她們在二十歲以前的情形。……」

這是一個很合理的現象，凡是文明而進步的社會，都應該如此。由於現代男女接受教育的機會已經均等，絕大多數的工作，男性能夠擔任的，女性也一樣可以勝任；所以，一般主管，除非他是存心的重男輕女，實在沒有理由對女性雇員加以歧視。而有工作能力的婦女，在子女長大之後，再度進入社會服務，更是一種明智的舉措。

進入中年的女性，對家庭已無後顧之憂，沒有懷孕的煩惱；而這時的心智又遠較年輕時成熟，不像年輕時貪玩，能夠專心於工作。這一切條件，都較程度相當的女青年優越。問題只在，這位中年婦女在過了多年的家庭生活之後，對婚前所學，是否已經荒廢；她的思想和知識，是否能跟得上時代。

因此，一個有志獻身社會的女性，假使準備在子女長成之後東山復出，就必須隨時不要忘記磨礪自己，必須不斷地自修，才不至於與時代脫節，與知識絕緣。同時，當她一旦有機會就業，更必須全心以赴，努力工作。切不可以玩票姿態出現，認為「我又不靠這份薪水吃飯」而處處玩忽，給人以不良印象。這樣，她才能夠在人浮於事的社會裡，與男性以及年輕的未婚女性作職業上的競爭。

運動減肥

大多數的婦女，一到了中年，不是發胖，就是瘦得乾巴巴的。瘦雖然顯老，但是佔了身段苗條的好處，還不怎麼打緊，發胖才真是女人的大敵。人一發胖，首先是肚子突起來，然後是腰粗了，臀部大起來了，下顎長出了雙下巴，雙臂和雙腿都脹滿了多餘的皮下脂肪，使得整個人臃腫不堪，風韻全失。

她們為什麼會變成這樣？那完全是由於缺乏運動的關係。一般的婦女，在離開了學校之後或則是對運動沒有興趣，或者是沒有時間和場地，百分之九十九都與體育絕了緣。必須親操井臼的主婦們每天多少還有點勞動的機會；至於那些坐辦公廳的職業婦女、和整天坐在牌桌旁邊的濶太太們，就簡直是四肢不勤，只有吸收而沒有消耗，剩餘的脂肪日積月累，又怎能不胖呢？

報載羅東有一位高齡七十二歲的老太太，居然獲得了羅東鎮第六屆羽毛球單打賽的冠軍，這不能不算是一件奇事。在我們這個不注重體育的國家裡，二十歲以上的人就已很少有運動的機會。如今，以一位年逾古稀的鄉下老太太竟在運動會中一鳴驚人，怎不令我們這些年輕一輩的人愧煞？

早在二十年前剛到臺灣來的時候，我就想學腳踏車（小時候曾經學過，因為怕摔跤而學不成）；但是，當時的我已是兩個孩子的母親，當街學車，又怕被人笑話，始終不敢實行。就這樣一年一年蹉跎下去，如今腳踏車已面臨被淘汰的命運，我自然不必再花這份工夫。現在的我，除了乒乓球以外，已幾乎連跳繩都不會。還好我每天親自操作家事，經常散步，身體才不至變得癡肥。

那位得到羽毛球冠軍的老太太，登在報上的照片，身體健朗挺拔，望之如三四十歲的人。據說她每天清晨都到公園去練習，最拿手的是網前長捕短殺。且不說她的球藝吧，也許那是天賦；但是她以祖母身分和古稀高齡而運動不輟的精神，就不能不叫人欽佩。

我是相信運動減肥的，怕胖的中年女士們，即使不能像那位老太太天天練球，起碼也應該為自己找點勞動的機會吧！

主婦的悲哀

一位朋友向我訴苦，說她的丈夫是個收藏破爛的專家，家裡的一些破銅爛鐵、竹頭木片、瓶瓶罐罐、沒有用的文件等等，一律捨不得丟棄，但是又從來不去動用。她是個愛整潔的人，因為不願意這些破爛東西礙眼，就儘量的藏起來，由於東西愈積愈多，不但無法清理，要找起來也很困難。她的丈夫脾氣很暴躁，要是找東西找不到，就會遷怒於她。偏偏她記憶力又不好，每次要找什麼就沒有什麼。因此，夫妻之間經常鬧得很不愉快。最後，她向我苦笑著說：「難道主婦是萬能的嗎？我們的負擔也未免太重了吧？」

可不是？本來嘛！主婦就非萬能不可。她是妻子、母親、女僕、廚子、洗衣婦、清潔工、護士、家庭教師、會計、出納、園丁、裁縫、室內佈置專家、秘書、採購人員、管庫……，假使她還是個職業婦女的話，那麼，她又何只身兼兩職而已？

當了主婦，就得變成千手觀音，無所不能。儘管她是一家的靈魂，一家的支柱；但是她的地位永遠只是次要的，「一家之主」，還是那位只知道茶來伸手，飯來張口的男人。

最可悲的是：假使家中出了小太保、小太妹，人家一定認為母親管教不周。先生有了外遇，人家就以為是太太不夠體貼，家庭不夠溫暖所致。

一個女人，假使她想獲得賢妻良母的名聲，就得從婚後第一天開始，犧牲小我，捨己為家。年輕時伺候丈夫；有了孩子以後伺候孩子；到了老年以後，甚至還要伺候孫子。她捨不得穿，捨不得吃；但她的青春、美麗與健康全都貢獻給這個家以後，還會有「黃臉婆」之譏。

於是，我對我的朋友說：「你就忍讓一點吧！誰叫你是個家庭主婦呢？」

記得當我弟弟未結婚前住在我家裡時，由於上夜班的關係，每天臨入睡前必定留條子給我，叫我第二天幾點叫醒他。往往，我依時去叫他，他又賴著不肯起床，要我半個鐘頭或一個鐘頭後再去叫。這雖然是很簡單的工作，但是為了得隨時注意時間，到時又得放下手邊的家務去催醒貪睡的人，也覺得不勝其煩。

後來，弟弟成家自立門戶了，等到自己的孩子長大入學，我又變成了他們的鬧鐘。說也奇怪，這些孩子們，鬧鐘在床頭怎樣也鬧不醒，媽媽一聲輕輕的呼喚，卻可以把他們從夢鄉裡叫回來。多年來，我這個做媽媽的早已不成文地做了他們的鬧鐘，哪一個孩子要去遠足、旅行、上早課……，雖然晚上撥好了鬧鐘，我還是怕他們起不來，不得不聞鐘而起，親自去把他們喚醒。

這樣一來，我這個做媽媽的就辛苦了。他們要早起，我得比他們更早。更麻煩的是：老大要七點起來；老二要七點半起來；老三又要六點半起來；一個早上，光是叫這個起來、叫那個起來，我就甭想做別的事情了。

其實，一個母親又何止是孩子的鬧鐘呢？孩子小的時候，她是他們的褓姆、護士、廚子、裁縫、老媽子、家庭教師和玩伴。長大了，是他們的朋友、顧問和發牢騷的對象。除了被古今中外的騷人墨客歌頌不絕的母愛之外，母親的「功用」是遠超乎鬧鐘之上的啊！

節儉持家

一、持家之道，首要量入為出。收入少不要緊，只要家用有預算，能夠做到不借貸，不預支，經濟上就得以平衡。反之，假使每月收入一萬，開支卻達一萬一千。那麼，就是每月透支一千，細水長流，終成巨債。所以，一個家庭主婦首先必須控制家庭經濟的平衡。

二、戒賭戒貪。主婦若沉迷牌桌，結果必定一浪費金錢，費時失事，兒女失去教養，家庭失去歡樂，這是盡人皆知的事。至於貪圖利息優厚而參加巨會，或者想得暴利而把有限的積蓄拿去炒股票等，這都是冒險的行為，有導致家庭經濟破產之虞。為求日子安寧，還是安份一點為佳。

三、勿貪虛榮。有些入息不豐的家庭，看見鄰居買了巨型電冰箱、彩色電視機、裝了冷氣、舖了地毯、換了高級沙發。於是，便不甘後人，也來效顰一番。打腫臉充胖子，借貸在所不惜。其實，一家有一家的生活水準，你又何必眼紅？人比人，豈不氣死人嗎？

四、勿貪小便宜。這是一般女性的通病。看到那一家公司大廉價，那一家鞋店大拍賣，就非趕去湊熱鬧，搶購幾件回來不可，否則似乎就吃了虧。其實，便宜的絕無好貨，而你又並不見得真有需要。這豈非白白花了冤枉錢？

五、不要急著買剛上市的新貨色。新上市的貨色價錢一定較貴。譬如一件新花樣的衣料要四百元，到了下貨時說不定對折就可買到。又譬如剛上市的菠菜曾賣到十六元一斤，等到盛產時只要幾塊錢便可買到。這種算盤豈能不打？

六、教導孩子節儉。很小就教導孩子以惜物、節省、勤儉美德，使他們懂得稼穡艱難、謀生不易，長大後才不會變成紈袴子弟。

一些數字

今年元月份的《婦友月刊》，登了篇一位記者訪問美國第一位華裔女議員鄺江月桂女士的報導，封面還登了這位加州女議員的照片。她身材頎長，容貌秀麗，風度甚佳。據報導，加州下議院八十位議員中只有三位是女的，這真是我們中華女兒的光榮。

在江女士的談話中，有一些引起了我很大的感想。她說：作為一個現代婦女，為了因應環境，不得不負起雙重責任，在為人母為人妻之外，還須為一家人獵取麵包。像這樣的職業婦女，佔全美國總勞動生產力的百分之卅五。這個數字相當的大，比較起來，我國的婦女實在幸運得多，很多女性在婚後便放棄工作，在家安享清福，把麻將桌代替了辦公桌，甘願所學的一古腦兒荒廢掉，這不是很可惜的一回事嗎？

江女士又說：美國女子通常在廿一歲左右結婚生子，三十歲左右斷育，三十五左右進入社會工作，直到退休約可工作三十到三十五年之久。這一串數字所顯示出來的，美國婦女的就業情形也跟我們相反。前面說過——我們的女性很多在婚後就退守家庭，所以一般機構中的女職員大都是二十幾歲的少女。

固然，女子在婚後一心一意的在家相夫教子也是應該的。但是，到子女長大以後又如何？請看美國婦女的情形，她們在卅五歲以後再回到社會去工作，直到六七十歲才退休。由此，可見美國人在職業上並不排斥中年婦女，不像我們什麼工作都限卅五甚至卅歲以下。其實，中年婦女成熟、穩健、人生經驗豐富而又無後顧之憂，她們的條件，照理是比剛出校門的黃毛丫頭強得多的，而一般主管對下屬都比較喜歡少壯派，只是習慣使然而已。當然，中年婦女如想出來工作，首先必須充實自己的學識與能力，在思想上也不能與時代脫節，否則，就很難與年輕一代競一日之長短。

露西型的女人

我常常覺得，《我愛露西》、《露西劇場》、《我是露西》這三部影集中那個土里土氣、笨手笨腳、瘋瘋癲癲、倚老賣老、好管閒事、溺愛兒女的「三八查某」——露西，真無異是一般中年家庭婦女的鏡子，完全反映出這一個階層女性的拙態。我有一位閨友，就是因為思想跟不上時代、土頭土腦、舉止笨拙、洋相百出而被她的子女識為「中國露西」。

女人在年輕的時候是不會變成露西的；坐辦公廳的中年太太也比較不容易變成露西。唯有那些年齡超過三四十歲，兒女漸長，在家裡閒著無聊，而又不喜歡讀書閱報以充實自己的家庭婦女們，若不提高警覺，那就隨時會變成露西第二。

露西型的女人首先給予人的印象是十三點。她們的外型往往不是打扮得太過份就是太隨便。在公開場合，總是喜歡大呼小叫，引人注目；有時也有點專橫覇道。她們讀書無多，卻又喜歡充殼子；即使在丈夫和子女面前，也要吹牛。她們的臉皮頗厚，旁若無人，很少會有難為情的時候。愛說話，愛探聽別人的底細，是她們的特長之一。外出時，跟店員、小販、車掌、計程車司機、美容院小姐也會聊上半天，因為她們的內心太寂寞。

露西型女人也有她們可愛的一面。她們樂觀、坦白、率直而熱誠。儘管她們也許不是成功的母親和妻子；但是，她們卻是可靠的朋友和愉快的伴侶。她們是大眾化的，跟那些生活在象牙塔裡的貴婦人，正好相反。

女人的話題

男人常常說我們女人在談話時總是離不開丈夫、孩子、菜價、服裝、打扮……，言下之意，似乎是說我們女人都是「言不及義」。其實，談丈夫兒女、行情服飾又有何不妥？這是女人的生活中心，豈不比男人在一起便談牌經，談色情有意義得多？

在女人的這些話題中，我發覺：談兒女雖然不見得受歡迎，但卻是大家最愛談的題目。因為，這個題目既可滿足母愛，炫耀下一代；有時又可以發發牢騷，或者彼此交換管教心得。

「癩痢兒子自己好」，一般母親，在談到自己的寶貝兒女時，絕大多數是眉飛色舞。年輕的媽媽說：「我家小咪可真是鬼精靈！電視上的廣告歌每一首都會唱，她說她長大了要當歌星哩！」中年的媽媽說：「我家老三考取×大了，我先生昨天才買了一隻××牌的自動錶送給他。」老年的媽媽說：「我那個兒子呀！×大留他那邊教書，他已經拿到綠卡啦！」

要是她們的兒女不像上面所說的那麼值得誇耀，甚而有些拂逆；那末，母親們就會在親密的閨友面前盡情傾訴，盡情發洩。假使聽者不幸而同「病」相憐，你一言我一句，話匣子便無法關起來。就算聽者並非同病，亦可換來豐沛的同情。

兒女是女人最愛談也最普遍的話題，可惜，長大的兒女卻最討厭母親在親友面前談論（不論是炫耀或貶抑）他們。我的一個朋友告訴我，她的女兒一聽見母親跟別人提到她就會大發脾氣。看來，媽媽們得另選話題了。

小心眼兒

常聽說女孩子心眼兒小。我因為自己只有兒子而無女兒，多年來辦公聽裡又都沒有女同事。長期處在陽盛陰衰的環境裡，我很可能已變得有點男性化，因而對這種心理似乎無法體會到。近來，偶然跟別的科室的女職員聊聊天，果然證實了「女孩子心眼兒小」這句話並非偏見。

從她們的談話中，我發現她們最重親別人對她們外表的批評。要是誰說誰的腿太粗；誰說誰的鼻子太扁？誰說誰的髮型難看；誰說誰不會打扮。被批評的人就會恨得牙癢癢的，非想辦法「報復」一番不可。

誰穿了一件新衣服；誰買了一個新皮包；誰的男朋友有機會放洋；誰的丈夫買了一輛小汽車……她們就要急起直追，向她看齊；要是沒辦法效尤，便會因眼紅而萌生恨意。聽說，竟有因此而絕交的，豈非滑天下之大稽？

當然，並非每一個女孩子都如此。只是，一則由於天性，二則由於生活圈子狹小；因此大部分的女性都難免有這種小毛病。要克服這種小毛病並不太難。年齡的增長、生活天地的擴大、學識的培植、品格的修養，在在都有助於擴展胸襟，使你不必再為那些芝麻綠豆、雞毛蒜皮的小事耿耿於懷。當你對人生看得透澈了，精神有所寄託了，你就會曉得外面的天地原來這麼廣大，以前你斤斤計較的婦道人家的小事，簡直不值一曬。

勿太自苦

常見許多中年的家庭主婦，為了體恤丈夫在外賺錢的辛勞，為了疼愛子女，飯桌上的雞鴨魚肉，通通讓給他們吃，自己幾乎不忍下筷，每次總是以殘羹剩菜下完那一小碗飯。

丈夫是一家之主，每年的年終獎金，她總迫著丈夫拿去做西裝買皮鞋。孩子們需要打扮漂亮，每人一套新衣也不為過。自己嘛，反正不出門，一件舊棉襖，便可保暖。

許多的中年家庭主婦就是如此的「克己待人」，她們捨不得吃，捨不得穿，除了偶然在電視機前看看連續劇以外，也不需要娛樂。她們彷彿是一部機器，也彷彿是金剛不壞之身。她們只有付出，不問代價。她們只知奉獻，不望報償。假使有人要問誰是這個世界上最忠心的奴僕時，那麼，這一類的家庭主婦便是最適當的答案。

我不否認，這一類家庭主婦是賢惠的；但是我要說，她們那種克己待人的觀念已經落伍，不合時代的需要。主婦是一個家庭中靈魂的支柱，丈夫和孩子一天也少不了她。人不是鐵打的，太過虐待自己，身體終有拖垮的一天（又何況她為這個家而晝夜辛勞）。試想，主婦一旦倒下，這個家庭將面對如何的後果呢？一個主婦太過不注重外表，終日蓬頭垢面，一副黃臉婆模樣，不但給鄰居以邋遢的印象；就算丈夫不以為意，對孩子們也是個不良榜樣。寶島衣物便宜，打扮得整整齊齊，自己看著也順眼些。至於主婦的娛樂，並不是叫你去打牌，去逛委託行。但是，人不是機器，家務是永遠做不完的，累了便該休息，不可逞強。除了為自己找點消遣外，報紙書刊也要隨時閱讀，這樣才能跟著潮流走，避免變成一個落伍者。

記著，你自己是這個家庭中的重要人物，丈夫和孩子都需要你。你不必太過自苦，自苦是沒有意義的。

真正的平等

我們高呼男女平等已經很多年了，事實上，我們的女性相當幸運，在家庭中，在社會上，許多方面，早已取得了平等。像廢除妾媵；家庭中不再重男輕女；女子在從政、就業、就學等方面不但不會遭受到歧視，有時還有保障。這種種幸運，直可媲美於歐美的先進國家；東方的一些保守國家、回教國度，以及一些落後地區的婦女，簡直就只有乾瞪眼的份兒。

雖然如此，我仍然覺得我們的女性還沒有達到跟男性真正平等的地步。我認為：這是我們的女性自甘於「弱者」和「被保護者」地位的緣故。譬如：未婚少女與男友出遊，一定要男友付鈔（甚焉者暗示或需索禮物）。為什麼要這樣做呢？各付各的或者輪流付帳，不是顯得更「平等互惠」嗎？又譬如：夫婦都在外工作的家庭，百分之九十九都是由丈夫負起家計，而妻子的收入，除了略為補貼家用外（能夠這樣，已很難得），大部分都用來打扮自己或存作私房錢。這豈不是自己放棄了責任和甘願做男人的附庸嗎？

男治外，女治內；男人賺錢養家，女人生兒育女。這雖說是天經地義的事；然而，假使女人也有男人一樣的治外能力的話，她為什麼一定要男友送禮奉承？她為什麼一定要丈夫獨力養家呢？

我相信，願意和男人站在同等地位的有見識的婦女，她絕對不這樣做，她也不希望有「保障名額」、「女士第一」等等特權和優待的。

新女性主義

這一兩年來，自從一位留美回來的女青年在提倡「新女性主義」運動後，女權問題又引起了社會大眾的注意（起碼是在知識份子中間）。我不知道男士們對這個運動的看法如何；以我個人而言，我對「新女性主義」是相當贊同的。

「新女性主義」當然是以謀求女性的幸福為出發點；不過，它並不會影響到家庭及社會的幸福。它只是認為應該根據才能來決定男女的工作，而並非絕對的限定「男治外，女治內」。男女都應養成「處理家務是一種光榮」的觀念。夫妻二人，誰有本事在外面做較好的工作，誰就出去；能力較差的，就在家裡管家。這樣，才不至把有才幹的女性埋沒在家裡。而男士們也不必太害怕自己會變成「管家婆」，若果不願意管家，只要別高攀工作能力比自己強的女性就行。

其實，「新女性主義」並不新。早在二十幾年前，我就看過一篇名叫〈燒飯是女人的大敵〉的譯文。作者是女性，她勸婦女們千萬不可把太多的光陰耗費在廚房內，因為那是最會消磨青春和壯志的地方。她主張簡化三餐，以便挪出更多的時間來做有意義的事，這位作者雖然沒有把女性從廚房中解救出來，但是，為女性謀福利的用心則與「新女性主義」不謀而合。

我們是一個講究吃的國家，所以一般家庭主婦消耗在廚房內的時間也比別的國家為多。尤其是那些職業婦女，每天下班回家，連喘氣的時間都沒有，就得走進廚房，其辛勞自比普通家庭主婦加倍。所以，夫婦一同在外工作的，丈夫自然也就有料理家務的義務。這應該是「新女性主義」中最基本的原則吧？

家庭主婦

一提起「家庭主婦」這個名詞，一般人的心目中大概都會浮現出一個中年的、樸素的、甚至有點土氣的婦人。有些受過高等教育的女性，要是婚後不出去工作，身分證上填上「家事管理」四個字，更是覺得羞於見人。因為大家都認為，家庭主婦幹的不過是燒飯、洗衣、帶孩子、清潔居室等等瑣碎的事，既不需要什麼學問，也不需要頭腦，頂著這個頭銜，實在並不光彩。

可是，一個家能夠缺少主婦嗎？就算你請一個傭人來燒飯洗衣服吧？她會替你安排一個月的家用預算？她會不會督促孩子們做功課？會不會提醒你該去理髮？會不會替你節省煤氣和用電？最主要的一點是她對你和孩子有沒有愛心？家中有人生病，有人遭遇挫折，她會給你安慰，為你分憂嗎？

事實上，一個賢慧而能幹的主婦才是家中的支柱，一家大小都少不了她，因為這個家是她一手經營，一手管理的。有誰不相信，只要主婦罷「工」一天，保證家中天下大亂。

幾個月前在一本英文雜誌上看到一段幽默小品，它為「家務」所作的定義如下：「做了沒有人會注意到，不做才會被察覺。」那麼，家庭主婦的定義似乎也可以這樣說：「她所做的工作從來不會有人去注意，除非她一旦不做。」

可憐的家庭主婦！可敬的家庭主婦！

女性的典範

上週末在家裡觀看電視播出的十大傑出女青年頒獎典禮，使我發生了很大的感想。前些日子在報紙上只看到她們在本身崗位上對社會所作的貢獻（當然已夠偉大，令人佩服）；但是，臺視對每一位得獎人所作的簡單訪問，並且播放一小段她們工作情形和家庭生活的影片，卻於人更認識到她們的風範和工作以外的另一面。

當這十位得獎人先後上臺領獎並接受訪問時，她們端莊的儀表、嫻靜的氣質以及得體的談吐，真是使人眼前一亮。這裡所說「一亮」，並不是看到了「美女」的那種，而且剛好相反。平常，年輕的女性一有公開亮相的機會，無不極力爭妍鬪麗，務求在打扮上壓倒群雌。但是，這些有著內在美的傑出女青年沒有這樣做。他們的服裝高雅大方，與時下一般女性的低俗裝扮完全兩樣，一看就知道她們是才華內蘊的傑出女性。試想：假使是十位影歌星登臺，一定是個個脂香粉膩、珠光寶氣，氣氛之雅俗，將是如何不同！

這些傑出女青年，不但在事業上有特別優異的成就，在家裡又都是好母親、好妻子、好女兒。也正因為她們都有一個幸福的家庭，所以她們才能夠專心一志從事她們的工作。誰說女性的事業與家庭不能兼顧？

選拔傑出女青年這件工作的意義是重大的。它可以移風易俗，同時又塑造了女性的典範，使婦女們可以見賢思齊。但願時下那些只知打扮和享樂的女性，能夠從她們膚淺的思想中醒悟過來，向這些傑出的姐妹看齊。

樹立女性風範

近來在螢光幕上看過很多次選美的實況轉播。出現在伸展臺上的佳麗，固然不乏豔光照人、風姿綽約的可人兒；然而，就事論事，這些可人兒的面貌打扮，似乎都是同一個模子鑄出來的，全都缺乏個性的表現。因之，即使長得再美麗，也難免有庸脂俗粉之譏。加以她們的化裝都過濃，髮型和衣飾又與年齡不合配，有很多人都不幸而把本來的天生麗質遮蓋了。

試想：一個二十左右的青春少女梳起寶塔似的高髻，鬢腳懸垂著電話線似的假髮，塗著黑黑的眼線，貼上濃密的假睫毛，身穿閃亮的夜禮服。這樣的外型，像不像一個歌女或影星？就算你是一位才高八斗的女學士，這時也會埋沒了你本來的靈性與面目的。

為什麼一般人都以為時髦與濃厚的化妝就是漂亮？沒有人懂得即使在舞臺上也要保持少女的純真，讓青春的光彩來代替脂粉、綢緞與珠寶？

有女兒的家庭以及有女生的學校，實在都應該為她們指導「婦容」這一門功課。教她們知道美麗是來自內心，而「婦容」更是包括了美容、儀態、禮貌與應對，以樹立良好的女性風範。

外表與身分

我有一個毛病，喜歡從一個陌生人的外表去研究他的身分。於是，在公共汽車上，在影院等候進場時，在餐館進食時，在美容院中洗髮時，我的雙眼就忙碌不堪。有時，我覺得自己這種「怪癖」倒頗適宜於當間諜和偵探。

不過，由於現在生活程度提高，尤其是衣著類特別便宜，一個人的身分已經不容易從他的打扮上去判斷。可是，這卻更增加我「猜謎」的趣味性，愈難猜愈想去猜。

尤其是在美容院中，當大家都坐在那張任人擺佈的理髮椅上，一塊白布把身上的超級時裝或家常便服遮蓋住，時髦的、古老的、或者俗氣的髮型也都被洗髮水的泡沫所遮掩。於是，每個人的一張臉，便只剩下老與少，妍與媸之分。這時，我就會細細觀察，誰是個賢慧的家庭主婦，誰是三姑六婆，誰是忙碌的職業婦女，誰是靠色相為生的可憐蟲。真是「眸子瞭然，人焉廋哉？」

　　美容院是有閒階級婦女的交際場所，她們在這裡交換時裝、物價及東家長西家短的種種情報；所以，只要她們一開口，就會把自己的身分洩露無遺。說話的文雅或粗鄙，聲音的大小；面部表情的是否端莊凝重；在在都可以表示一個人的教養。還有，她的一雙手，指甲是否修剪得整潔；她的一雙腳，是否隨便趿著一雙髒兮兮的拖鞋，是否穿著涼鞋而露出汙黑的趾甲和粗糙的腳後跟。這一切的一切，即使不靠服飾的幫助，也都可以看得出一個人的內涵。以華服與珠飾來代表自己的身分，只能欺騙無知者於一時；整潔、文靜與端莊，才是一個婦女首要給人的印象。

談內在美

有一天，電視臺播出了一小段音樂短片——瑪麗安・安德遜的獨唱。那個時候，我本來正在廚房中洗碗，聽見了螢光幕上動人的聲音，使得我立刻丟下手中的工作，趕到電視機前。

在這一小段音樂短片中，瑪麗安・安德遜唱了一首黑人靈歌和一首藝術歌。她歌聲的圓潤、醇厚和甜美，是不必我來多形容了。尤其是在唱黑人靈歌的時候，她在歌聲中摻入了虔誠、崇敬和莊嚴肅穆的感情，使得完全沒有宗教信仰的我也為之肅然，可見音樂的力量是何等偉大。

平時，我們看到安德遜的照片，她的臉不幸具有了所有黑人的缺點——窄額、高顴、扁鼻、大嘴，大家都會覺得她很醜。可是，當我在聆聽她的歌唱特，她臉上的缺憾我完全看不見；我看見的只是一個歌唱家高雅的風度、一臉虔敬的表情，美妙的口腔動作，還有一口雪白整齊的牙齒。這時的安德遜女士，不但不醜，而且變得美麗動人了。

這就是內在美。

這就是為什麼有些人打扮得花枝招展而面目可憎；為什麼有些人脂粉不施而令人看了從心底舒服。

內在美是發自內心，而不是矯揉造作出來的，一個具有光風霽月的襟懷，或者滿腹經綸的人，自自然然的，他就會有一張和藹而愉快的面孔和動人的談吐，在一舉手一投足之間，也中規中矩，不會粗魯輕浮。

天生臉孔不夠美的人，與其乞靈於化妝品，求助於整容師，以求得外表一時的美麗；何如修心養性，充實自己的學識，以期獲得永遠的內在美呢？外表的美只能博得那些淺薄的人的好感；而內在美卻才是使人真正喜歡你的原因。

穿的節約

農曆新年以後，百物狂漲了百分之五十，首當其衝的，當是我們這些主持一家中饋的主婦。開門七件事以外，穿的、吃的、住的、行的、用的、醫藥、教育、應酬，那一樣不受影響？十年來，社會安定、物價低廉，大家過慣了安逸的生活；如今，忽然面臨世界性的經濟風暴，要從頭度過物質困難的日子，恐怕都有點不容易適應吧？這正是所謂「由儉入奢易，由奢入儉難」。譬如，一個吃慣了山珍海味，住慣了豪華公寓的人，一旦要他吃青菜豆腐，住土堦茅茨，又如何受得了？

我常常覺得：在衣食住行四大要件中，穿衣這一項的伸縮性最大，而一般人的奢靡作風？亦大多從衣著上表現出來。當然，假如社會昇平、民生富足，穿得講究一點，那並非壞事。但是，遇到經濟不景氣的時期，那麼，衣著就應該以整潔舒適為原則，而不可隨波逐流、標新立異。好像現在流行的大喇叭褲，褲管大而無當，長可及地。晴天無異掃把，雨天則變成拖把，做了義務的清道夫而不自知，豈不可笑？這種褲子的料子，我相信一條可以做兩條；那麼，在節約的原則下，又何必盲目趨時呢？又譬如那些高達四、五吋的厚底鞋，穿起來如踩高蹻，一點美感也沒有，價錢又特別貴，也實在沒有被商人牽著鼻子走，花冤枉錢的必要。

談到穿的節約，除了拒製拒買那些莫名其妙的所謂流行服裝外，婦女界應該堅守穿衣只求實用的原則。我相信每個家庭的箱底都會有不少還是完好的而式樣已經過時的衣服鞋子和皮包，假使大家不再趨時，把那些舊衣物也拿出來派上用場，一兩年內大概還不須添置新的。大家拒買的結果，裁縫店、洋裁店、服裝店、布店、鞋店、皮包店等也就沒法抬價拿俏了。

談整型

最近，我發現常去洗髮的那家美容院中的一個洗頭小姐的眼睛顯得有點異樣：眼皮又紅又腫的，老像是在哭。我心中正在納悶時，就聽見一位好事的太太在跟另一位洗頭小姐交頭接耳，說那位眼睛變了樣的小姐因為愛美去割了雙眼皮，想不到那個整容醫生手術不高明，以至花錢買罪受，反而變得更難看。

那位小姐的眼睛特別小，但是皮膚白淨，配上一張圓臉，倒也不顯得醜。如今，好好的一雙眼睛，弄得老像是在哭的樣子，豈不是弄巧反拙嗎？

近年來整型醫院到處都有設立，收費也愈來愈便宜；所以，一般愛美的青年男女，都紛紛去改頭換面。但是，這些整型醫師，手術有好有壞，效果不見得個個如意。而且，整型多少都有點不良後果，有人墊了鼻子即長期痠痛；有人隆胸之後變成乳癌。至於割雙眼皮而得了反效果的，更比比皆是。

其實，一個人的五官，主要是要互相配合，大眼睛要配高鼻子；小眼睛要配我們東方人較扁的鼻型。大而深的眼睛應該是雙眼皮；小而腫的眼睛，單眼皮也很好看。自己不懂得欣賞自己的臉孔，硬要趨時，連面貌也要一窩蜂的改造成某某名女星的樣子，不僅可笑，而且簡直是沒有頭腦。時下那些歌星和影星們，擺出來人人都是一個樣子，不但髮型、服飾大同小異，連臉孔也幾乎像是從一個模子裡倒出來的，原來就是整型醫師的傑作。

當然，整型醫術是有存在的價值。譬如先天的缺憾——兔唇、塌鼻、兜風耳、下巴縮進，以及後天容貌受損等，都有賴於整型醫術的幫助，使他們可以恢復正常人的面孔。但如果只是為了追逐時髦而矯枉過正，平白地讓自己的皮肉去受罪，那就大可不必了。

人造美女

我們中國人有「身體髮膚，受之父母，不敢毀傷」的古訓。今日的西洋人則不但流行把頭髮當作布疋似的染來染去，時金時紅時黑，以示時髦；而自從整型外科發明以來，更可把人改頭換面、化媸為妍、反老為少。使得「人定勝天」這句話似乎有了新的詮釋，想來，老天爺對此亦莫可奈何。看相先生遇到這些人，招牌也一定會被砸破。

在許多間諜片中，高明的諜報人員往往藉整型外科的幫助，化裝成為敵方的要員，甚至連這個人的口音、舉止、生活習慣都模仿得維妙維肖，足可亂真，令人嘆為觀止。這雖然只是演戲；但是，以西方科學的日形發達，也不是全無可能女人愛美怕老，由於整型外科之可以替人割雙眼皮、隆鼻、拉平皺紋、隆胸等等；於是，一般靠色相維生的風塵女郎乃至良家婦女，不惜甘冒危險，以身試刀，企圖變成人造美女或挽回青春。其情雖可憫，其志則不可嘉也。

玉婆麗莎在《春回情斷》一片中，就是想藉整型外科之力來挽回丈夫的愛。在本片中，觀眾可以看到施行整容手術時血淋淋的鏡頭，可說大開眼界。可惜的是，麗莎雖受盡皮肉的痛楚，從一個滿面皺紋的老婦人變成豔光照人的少婦，但是，她那變了心的丈夫卻對她不屑一顧，仍然絕裾而去。

美貌與青春都是短暫的，即使「回天有術」，亦不能久駐。與其為了愛美而甘心情願躺在手術臺上任人宰割，何不從美化自己的內心做起。

黑色的眼淚

有一次，在一部電視影片中，看到了一個很絕的鏡頭。一個女人在很傷心的哭泣，一滴淚流到臉頰上，那竟是黑色的。那個特寫鏡頭出現了相當久，女人的臉頰上始終停留著那顆被黑眼線弄黑的淚珠，使人看起來很滑稽，以至沖淡了對她悲慘遭遇的同情。我覺得那個導演太殘酷了，幹嗎這樣毫不容情地要一個女演員在大眾前洩露出化妝的祕密，大大出醜一番呢？

的確，現代女人的祕密也太多太多了。假髮、人工眉毛、假睫毛、隱形眼鏡、墊高的鼻子、假牙、義乳、腰封……，再加上五顏六色的化妝品和厚達半英尺的厚底鞋，在在都巧奪天工、化媸為妍，使得人人盡是美女。

不過，人工美並不見得十分可靠，假髮會整頂和頭顱脫離關係；人工眉毛沾不得水；假睫毛隨時會掉下來；隱形眼鏡經不起一個噴嚏；墊過的鼻子尤如氣象台；假牙不小心會吞進肚子裡；厚底鞋會使人扭斷腳踝……。而且，這種種人工美容道具，都是隨處可以買得到的商品；

不但人人可以擁有，又是公開的祕密，男士們可以一覽無遺。所以，經過這種種人工化妝術修飾過的美女，又有甚麼稀奇？又怎麼騙得過明眼的男士？

黑色的眼淚是對時髦女郎的一大諷刺。可惜她們難得有自知之明，因為沒有人在哭泣的時候是對著鏡子的。何況，盛裝下的美女很少人捨得流眼淚？

負責你的面孔

「美人自古如名將，不許人間見白頭」；「自是人間留不住，朱顏辭鏡花辭樹」。青春與美貌在生命中之短暫，是千古以來最令人惋惜嘆息的事。尤其是職業必須倚靠青春與美貌的人，像運動員以及影、劇、歌、舞等藝人（尤其是女人），他們的出現，簡直像是流星掠過天際，驚鴻一瞥，曇花一現，教人無限同情。

不久以前在一部電視影集中看到暌違已久的好萊塢影星雷米蘭。頭頂盡禿，肌肉鬆弛，看起來一副窩囊相。此君當年以《醉鄉遺恨》一片得過最佳男主角金像獎，雖然不是甚麼美男子，長相也還不惹厭。想不到十幾二十年後變成這副樣子，而演的又是小角色，真是不堪回首。相反地，有幾個老牌明星在年輕時並不討喜，到了中年，卻是愈來愈可愛。像勞勃楊，年輕時樣子有點輕浮；現在在《醫門滄桑》裡演那位仁心仁術的醫生，一臉的慈祥，演技又自然，就像一位慈父。像老牌影后凱瑟琳・赫本，生得高顴大嘴，年輕時就以演技馳名，現在年老了，演技更加洗鍊，觀眾也就不會因為她醜而摒棄她。

有人說過：「一個人在四十歲以後的面孔，要由自己負責。」這當然不是指面貌的美醜，而是指後天生活環境對外表的影響。譬如說經常熬夜或縱情酒色的人容易衰老；煙抽得多的人牙齒會變黃；好吃懶動的人會發胖。樂觀的人顯得較年輕；讀書不倦的人氣質比較高雅等。

青春和美貌是無法長駐的。不論男女，假使不想因為人老珠黃而惹人厭棄，看來唯有努力充實自己的內在美來裝飾日漸衰老的容顏了。

自知之明

愛熱鬧、也富於閒情逸緻的美國人，喜歡設立各式各樣的獎。譬如電影，好的片子和演員等等可以獲得奧斯卡金像獎等等；演技壞的演員也有一種所謂酸蘋果獎。服裝方面，每年也都會選出最佳服裝的男人、女人，以及服裝最壞的男人、女人。

今年，世界上十名最壞服裝的女性已由洛杉磯的服裝設計家勃拉克威爾選出。這十位「不幸」的女人中，除了正與影星理察・波頓熱戀的南斯拉夫公主伊莉莎白（她因為穿過一件垮兮兮的長抱而名列「金榜」）外，其餘都不是國人熟悉的。引起我興趣的是：玉婆伊莉莎白・泰勒雖然沒有榜上提名，但是勃拉克威爾卻說：麗莎是他個人選出十五年來服裝最壞的女人。

他說：麗莎有著太多的肉而所穿的布料則太少，她喜歡把自己擠進那些綢緞的衣服裡。事實上，把拉鍊拉得再緊也無法使一個人顯得苗條一點。而胖女人也可有一種壯觀之美。

的確，有很多發福的太太們都喜歡穿窄衣服，殊不知，那不但不會減少她們的尺碼，反而給人以裹粽子或者「紮蹄」的滑稽印象。倒不如穿寬鬆的衣服來得遮醜。

可惜，大部分的女性都沒有自知之明，她們為了愛美，只知一味趨時，人云亦云，弄得毫無個性。美貌如麗莎，不幸由玉女而淪為肥婆後，也不免因為無自知之明而被服裝設計家揶揄若此，亦可悲矣！

「胖女人也可以有一種壯觀之美」，普天下的胖姐們何不共勉？

熱愛生命

偶然在報紙上看到一張好萊塢影星伊莉莎白泰勒的照片。這位新膺有「世界上最迷人的祖母」頭銜的大美人，穿著低胸衣服，依然豔光照人，她的性感與魅力，並不因為已當了祖母而有所遜色，實在令人驚羨。

今日這個世界真是奇妙！回想我們祖母的時代，就算比麗莎還要年輕吧，一旦抱了孫子（或者已嫁女兒娶媳婦），就得擺出一付老太太的樣子，穿老婦人的服裝，出入要有丫環攙扶，使人不老也得老。到了我們母親的時代已進步得多。我記得：當我的大孩子已經出生之後，我的母親依然穿花衣，塗指甲。如今呢，更是無所謂，只要不怕被人罵老妖精，做了祖母照樣可以穿迷你裙和熱褲。君不見，前任「最美麗的祖母」——老牌女星瑪琳黛德麗，六七十歲了，還登臺展露她的美腿哩！

年紀大的女人愛打扮，其實不是壞事。假使打扮得恰如其份，固然可以增加美麗，減少老態；打扮得太過份的話，卻也可以表現出她的不服老以及對命的熱愛。正因為她不服老和熱愛生命，所以才拚命打扮自己。

一個能夠熱愛生命的人，她的生命才會豐富而多姿多彩。對自己有信心，力爭上游，好勝，對甚麼事情都有興趣，這都是熱愛生命的表現。沉迷牌桌固然不是好事，但是，一個能夠從打麻將中得到樂趣的人，卻比一個心如槁木死灰，甚麼也引不起興趣的人更懂得享生命。所謂「哀莫大於心死」，心已經死了的人，也就等於一具行屍走肉了。

做了祖母而依然活躍的玉婆，正是熱愛生命的人之一。

輯五　生活漫談

感謝的心

不要笑那些在飯前必定祈禱的基督徒，那不是迷信。「一粥一飯，當思來處不易」；「誰知盤中餐，粒粒皆辛苦。」心中常存感謝，自會知足。知足的人，也就容易得到快樂。

幸福和快樂的感覺是很微妙的。衣羅穿錦，食前方丈，未必使人感到快樂。一個和睦的家庭、一個奮鬥的目標，往往使人感到幸福已在身邊。

早起可以聽見清脆的鳥聲，黃昏時可以看見玫瑰色的晚霞。春天百花爭豔；秋日天高氣爽。這個世界豈不美妙？豈不可愛？

動不動就怨天尤人，是把快樂和幸福摒絕於門外的愚蠢行為。不小心摔了一跤，不要埋怨地面不平，你應該慶幸自己沒有跌破了頭。很久沒有擢升，不要怨恨老闆不公，比起失業的人，你已經很幸運。嫉妒、怨懟、憤恨、抑鬱……都是誘使人衰老、生病、墮落和犯罪的毒蛇，千萬不要去接近它。

要常常在心中這樣想：今天是個大晴天，真是個好日子。下雨的時候也要感謝上蒼，因為雨水可以滋潤五穀。你覺得自己的家境不如人嗎？想想那些貧病交迫的人吧！你認為自己長得醜嗎？可是，你四肢完整，身體健康，對不對？就算你不幸而有了身體上的缺憾吧？你還有健全的心智可以從事工作，又有什麼好怨尤的？凡事要退一步想，不要鑽牛角尖。天無絕人之路，海闊天空，到處都有柳暗花明。

用愛心去擁抱這個世界，經常存著感謝的心。你將會驚奇的發現：人生原來是這樣的美好！

平安是福

在公車上，我看到一張使我永難忘懷的臉。那是一個中年母親，手中抱著一個生病的孩子。母親的臉蒼老而又憔悴，額上佈滿皺紋，嘴角下垂，猛著宛如老婦人。她手中的孩子用氈子密密包裹著，差不多每隔一分鐘，那母親就要掀開氈子察看一次。而她自己則不斷地打瞌睡，但是，每次才一闔眼，又猛然驚醒。顯然地她是曾經為了看護病孩而徹夜未眠，白天，還得打起精神擠公車抱孩子去就醫。

看了這個可憐的女人，我不禁深深為自己一家人都無病無災而深深感謝上蒼；同時，我更慶幸自己能夠在自由的國度裡過著豐衣足食的生活。於是，我又想到大陸上幾億在水深火熱中被奴役的同胞；高棉、越南飽受戰亂的難民；印度的飢民；非洲某些旱災地區的災民……啊！他們何其不幸，而我們何幸？

平安是福，知足常樂。比起那些不幸的人，我們應該常存感謝之心，才不會因為不知足而發生貪念，眼紅別人。想想看，假使你身染痼疾，或者家中有人遭逢不幸；那麼，就算你有高官厚祿，或顯赫的聲名，又有什麼用？名利都是身外之物，而且還要付出很高的代價才能獲得，何必苦苦去追求？

人生是一條崎嶇難走的路，只要國家太平，一家大小平安無病，我覺得這就是無上的福氣，應該感謝造物主。

一週與一生

說起來還是得感謝猶太人發明瞭安息日，使人們得以在辛勞了六天之後得到一日的休息。要不然，一年三百六十五日，天天過著同樣的生活，人生豈不乏味已極？

由於一週之中有一天可以休息；於是，每個人在那其餘的六天中都存著希望：辛苦六天不要緊，到了星期日就可以歇一歇了。

星期一，是一週的開始。經過了一天半的休息之後，精力充沛，回到工作的單位上，對一切都感到新鮮。

星期二，新鮮感仍未消失，不過，也不會感到厭倦。

星期三，略有厭倦之感；還好，「工作日」過去一半了。

星期四，還有兩天就到週末，有一點興奮。

星期五，快到週末了，很快樂。

星期六，一週辛勞，到今天結束，心中充滿輕鬆愉快。

星期日，一週的期待就在今天，也唯有今天是可以自由支配的日子。今天完全是屬於我，隨便我怎麼運用，太高興了。

說起來真可憐，大多數人的一生，就是這樣七天一次，週而復始的渡過了。

一年五十二週，若以古稀之年計算，一生也只不過三千六百四十個星期。說多不多，這兩萬多個日子，在時光的隧道裡，只不過是電光石火而已。假使你在有生之年，沒有好好的把握你的日子，而讓它平白地過去，那麼，你渺小的人生，在無窮盡的宇宙中，又只不過是須彌中的芥子，滄海中之一粟，活著也只是白活，又有什麼意義呢？

從串門子說起

有些並不忙碌的主婦，喜歡以聊天來打發時間。她們聊天的方式，有些是隔窗隔樓而談，有些利用買菜時站在菜場中侃侃而談，有一些更「進步」一點的則是「串門子」，乾脆坐到別人的客廳中去大「蓋」特「蓋」，藉以磨練她們的口才。

談到「串門子」，中外各有不同的看法。在我們的舊式農業社會裡，串門子是人情溫暖的表示，極受歡迎。在西方的工業社會裡，則剛好相反。他們每個人都整天為生活為工作為事業而忙碌，回到家裡，自然需要休息；此時，假使有客人貿然的不速而至，便會被目為不識相。

在重視人情味的我們看來，西洋人的這種觀念似乎未免太冷酷了一點。但是事實上，由於時代不同，大家已不如上一代那麼的閒暇，對於居家的私生活，自然多所珍惜，一旦被人打擾甚至剝削了，是難免感到懊惱的。

為了要尊重別人的私生活，有幾個時間是不宜於串門子的：清晨、午睡的時刻，以及三餐之際。如你要拜訪的人是個白領階級，千萬不可在人家上班前的時間去打擾，以免誤了人家的交通車。如你要拜訪的人是個家庭主婦，那麼最好不要在她下廚的時間去串門，以免她手忙腳亂。

懂得現代人社交禮貌的，在拜訪之前，必定先用電話約定時間；沒有電話的，也應該用書信通知。否則，你就是個不速之客，將不會受到主人歡迎。

隨自己的高興到處串門子的時代已經過去了，儘管有人認為現代人「閉關自守」、「老死不相往來」的生活方式太欠缺人情味，太沒有溫暖；然而由於社會已進入工業時代，過濃的人情味，以及少數人的「閒情逸緻」，恐怕是有點不合時宜了。

培養責任感

我認識很多年輕的朋友，他們都已經有一份工作，能夠自立了；但是，當他們把自己的薪水花用光以後，還伸手向父母要錢。而且，他們還沾沾自喜，頗以自己會花錢，而家裡又有錢給他們花為榮。至於他們把錢花到什麼地方去呢？不外是：男孩子交女朋友；女孩子亂買衣飾和化妝品。

他們這樣的做法是不對的。一個人長大成人以後，不論能力如何，起碼都必須要學習自立，養活自己，再進一步，然後反哺父母，報答養育之恩。父母沒有養你一輩子的義務，已經成人而還伸手向家裡要錢，不但不是值得炫耀的事，而且還是可恥的行為。

我的孩子到了大學畢業以後，假使他們需用較多的錢而向我借的話，我一定要他們歸還。這不是小氣，而是要培養他們的責任感和獨立的人格，不要以為父母永遠是他經濟上的補給站。

美國人的孩子一上了中學，不論家裡多麼富有，他們都喜歡自己去賺點零用錢，或送牛奶，或送報紙，或替人照顧幼兒，絕不以為可恥。而他們的大學生更多的是半工半讀。我們今日的社會，一般家庭都把孩子供給到大學畢業為止，說起來，我們的子弟比美國的青年舒服幸福得多了。也許，就由於他們太幸福的關係，所以都忘記了做子女的責任吧！

青年與中年

當我年輕的時候，我很不願意聽年長的人的話，因為我認為那是老生常談，那是媽媽經，那是迂腐、落伍、陳舊的思想，不足為訓。但是，到了這一兩年來，我卻發現經驗之可貴。因為，我的孩子們也開始像我當年一樣，不願意聽上一輩的話，而事實證明：我憑經驗得來的看法卻往往是站在勝利的一面。

我不敢自詡自己多麼的有遠見、有眼光和先見之明；不過，多閱一事，多長一智，在社會上經歷了二十幾年，我所懂的，又豈是我那幾個未見世面的孩子所能比？不聽長者言，吃虧自是意中事。

青年人與中年人的最大差別之點，是前者有衝勁，憑著一股朝氣與銳氣，勇往直前，最宜於創業。中年人則以穩健沉著勝，穩紮穩打，不衝動，不浮躁，宜於守業。

現在社會招請職員，除了有學歷的規定外，還要限制年齡。為了要保持機構的朝氣以及培養新血輪，多數規定年齡要在三十以下。這固然是一項合理的好現象；不過，這又會使得很多在年輕時因故失學，到後來才半工半讀完成學業的人感到老大徒悲傷。

其實，今日醫藥昌明，人類壽命提高，如今中年人的健康並不遜於青年人。假使一個四十歲的中年人，身體健康無病，心理狀態年輕，憑著他多年來的社會經驗，他的工作能力絕對會比一個二十來歲剛從學校出來的小夥子強。所以，生理上的年齡，有時是並不能代表一個人真實的身心狀態的。

青年和中年都是人生重要的階段。青年是開拓人生的時期，也就是春天的播種；中年是事業已有成就的時期，也就是秋天的收穫。在人生的路上走了二三十年，這時，你會發現自己已走到山的巔峯，往後，都是下坡路，再也不必辛辛苦苦地一步一步的往上爬了。

青年是一塊未經斧鑿的璞玉，經過歲月的琢磨，到了中年，才可以成為有用的大器。

談室內佈置

也許是由於生活水準提高的關係吧？現在，進入任何一個家庭的客廳中，幾乎都可以看到同樣的佈置：沙發和電視機。達官貴人之家如此，販夫走卒之家亦莫不如此，所不同者，只是沙發品質之不同，以及電視機牌子與大小之有異與是否彩色而已。

當然，有錢的人家可以用地毯、落地電唱機以及擺滿在酒櫃中的洋酒來表現他的豪華；有地位的人家可以用名人字畫來表示他的顯赫；他們的佈置，當然與一般平民階級的塑膠布沙發以及國產電視機（分期付款買來的）有別。不過，我還是覺得：每個客廳都有千篇一律的以電視機為中心，再加上一套或兩套的沙發，實在太沒有風格，太不懂得室內佈置的藝術了。如今，劣質沙發之充斥於每一個家庭，豈不等於從前大廳中一律是一張神桌、一張八仙桌再加上兩排太師椅？

每次看外國片子或外國的婦女雜誌，我都深深為他們室內佈置的多姿多彩而傾倒。他們室內佈置是配合了現代色彩觀念的，絢麗而不庸俗。他們利用壁紙、窗簾、畫框、瓶花、書籍，各種小擺設，以及各種不同顏色、不同型式的家具，再加上地毯，佈置成一個充滿藝術氣氛的廳堂、一個舒適溫暖的家，也是一個夢裡的迷宮。而我們的門、窗、桌、椅、櫥、櫃和地板，到如今還一律漆的是死氣沉沉的深粽色（大門又總是紅色），看了真是令人生厭。

佈置也許要花一點錢，但是決不會比經常叉麻將、上館子更花。具有慧心與巧手的主婦，應該多多利用鮮花、盆栽、孩子的繪畫、書籍雜誌、自己製作的紙花或是刺繡成績等來美化你的廳堂，使你的家沾上一點藝術的氣氛，也使你的家人得到陶情悅性的效果。

練字

偶然心血來潮，從今年起，我又開始恢復練習毛筆字。

不拿毛筆已有十幾年了，偶然需要用毛筆簽個名或者什麼的，自覺字體拙劣不能見人，早已有意磨練一番，總是沒有決心。到了今年年初，我才發了個狠，去買了幾枝小楷筆，又從箱底找出那本從前臨摹過的碑帖；就這樣，我像小學生似地每天臨起帖來。

起初，進步得好像很快；因為從十幾年未握管到每天練習，到底有所不同。但是，漸漸的，竟似毫無進展，我總是以「字無百日功」自慰。誰知道，百日早已過去，我的字體依然故我，帖意全無。這時，除了怨自己沒有天才以外，只能怪自己工夫用得不深，因為我每天只寫四五十個字。

不過，無論如何，即使在書法上沒有獲益，寫毛筆字還是一種最佳的修心養性之道。當你一管在手，一筆一畫地在臨摹古人的筆跡時，胸臆之中，除了對書法美的感受以外，可說雜念俱無，在陶冶性情上，寫毛筆字跟讀書、繪畫、彈琴、插花、做人造花等是完全一樣的。

感到日子難打發的主婦們，何不離開你的牌桌和電視機，每天練個一小時或半小時的毛筆字？

勿為物役

家裡最近粉刷油漆了一次，也乘機大掃除一番。經過了兩三天的忙碌以後，整間屋子都有煥然一新之感。在躊躇滿志之餘，忽然又生出另外一種煩惱。

原來由於新粉刷過的奶油色的牆壁太光潔了，使得我碰都不敢碰，移動家具時也特別小心，深恐製造出白圭之玷。偶然不慎弄了一點汙跡，便得馬上設法擦拭乾淨。如此小心翼翼的過日子，完全失去了原來自由自在的居家之樂，不禁歎息自己竟不幸成為了那幾片新牆壁的奴隸，真是可憐復可笑。

我想，在這個世界上，恐怕很少人完全不做任何事物的奴隸的，尤其是女人。有人為了保持髮型的美觀，晚上睡覺時不敢轉身。有人怕現出魚尾紋而不敢笑。有人為了要穿超短的迷你裙而不敢坐下。有人為了怕胖而寧願挨餓。這都是愛美的奴隸。有些主婦，過於勤快，為了維護家屋的整潔，天天拖地板、擦窗門，三天換一次床單，五天換一床被套，把自己累得筋疲力盡，這又變成了家事的奴隸了。

有人甘為兒孫作馬牛；有人「甘隸妝台伺眼波」；而大多數的人更是終日蠅蠅擾擾，爭名逐利，做了金錢的奴隸。這又比上述甘為物役的人悲哀百倍。

人生是美好，只可惜，生年不滿百，去日無多。我們為什麼不把握有限的光陰，使生命更加充實？把有限的生命甘作物質的奴隸，實在愚不可及。

禮多人不怪

兒子到樓下去取掛號信，回到樓上之後，他說：「奇怪！郵差送信來，應該我們向他道謝才對。這位郵差為什麼反而向我說謝謝呢？」本省的郵政辦得好，郵件極少遺失，地址不詳或有錯誤的信，也往往能夠到達收件人的手中，而郵差的態度也大都很和藹。不過，像這位居然向他的服務對象道謝的，倒也還沒有碰到過，怪不得我那個書呆子兒子稱奇了。

在西方社會裡「謝謝」、「請」和「對不起」等等禮貌上的用語，已成為，他們的口頭禪。譬如我們到店裡去買東西，頂多是店員向我們道謝；而他們卻往往是顧客先向店員道謝的，因為店員替顧客作了一次服務。又譬如傭人或下屬替主人或上司做事，西洋人一定也會很客氣的道謝，而我們呢？卻認為是理所當然，一點感謝的意思也沒有。我們雖然是禮義之邦，事實上，在日常禮貌上，卻比不上西方國家。

也許有人覺得：西方人打一個噴嚏要道歉；收到一件微不足道的禮物也要大呼小叫的感激涕零一番；似乎不免過於虛偽和矯揉造作。然而，禮多人不怪，儘管是假情假意，比起傲慢無禮的態度，是不是會令人愉快得多呢？

打錯電話不道歉；叫人做事不用「請」；從別人手裡接過東西不說「謝謝」；這些都是沒有教養的失禮行為，是現代文明社會的野蠻份子。這些雖然只是小節，但是，每個人都應該檢點自己是否做得到。

向服務對象道謝的那位郵差先生是令人尊敬的，因為他尊敬別人。

黃昏美景

近日報上不斷報導——現正率團來臺公演的美國現代舞蹈家瑪莎・葛蘭姆女士的新聞，當我知道她已是八十一高齡而依然擔任指揮工作時，對她老當益壯的精神，不禁肅然起敬。

報上說她風度優雅，腰桿挺直，這當然是從事舞蹈六十多年的效果。我看到蔣部長彥士頒發文藝獎章給她的那張照片，果然氣質高雅，面貌秀麗，一點也看不出是個八旬老太太。舞蹈固然會使人保持身段優美；但是，我認為她對藝術的熱愛，才是使她永遠不老的原因。

瑪莎・葛蘭姆在五年前由於健康的關係，不得不放棄了舞蹈；然而，她並沒有放棄她的工作，她仍然編舞教舞，而且經常率團在世界各地旅行表演。

我國一般女性，到了五、六十歲就甘心做老太太，準備在家裡享清福、娛晚景。她們消磨日子的方式不外打牌、看電視、聊天、含飴弄孫。以現代人的壽命標準來計算，她們往後還有二、三十年的日子，這是不是有點浪費生命呢？還好，近年來，本省出現了兩位祖母畫家，一位以剪紙藝術馳名的老太太。其他行業，也還有無數祖母年齡的女性在活躍，這是值得令人欣慰的。

人的心智是隨著年齡而日益成熟的。年長的人，不但不要自傷老大，而且還應該利用自己的智慧與經驗，把握時機，製造生命中的黃昏美景。

退而不休

上次談到老年人應該製造人生的黃昏美景，後來偶然看到一篇有關美國退休老人的文章，因此，我今天還是談「老」的問題。

我國的退休制度目前已漸漸建立，有很多已屆退休年齡而身心仍極健康的人，一旦閒下來，頓有無所適從之感，這是一個很值得正視的問題。

根據那篇文章的報導，今日美國年在六十五歲以上的老人已達兩千萬。但是，他們有很多圖書館供他們去閱讀；有「老人服務中心」為他們安排工作。全國各地都建立了無數的「退休村」，除了給老人休養以外，還有其他的設備，使退休的人可以照常工作。最令人羨慕的是，紐約市立大學有個新規定，凡是年滿六十五歲的人可以向校方申請免費選課。

從現代人的壽命標準看來，六十五歲並不算老。假使身體健康，還有一大段人生可以享受。所以，退休只是生命中一個新階段，並非意味著從此就和社會脫節。一個人為生活奔波了三四十年，這時，你不妨歇下來休息一下，然後重整旗鼓，再上征途。你可以從事你年輕時想做而沒有空去做的事，你可以學習新的技能，甚至創造新的事業。永遠記著你不是一個老朽無用的人，而是一個經驗豐富、心智成熟的長者。退而不休，活到老，學到老，人生永遠充滿了新奇。

古人之言

偶讀明人鄭擅所撰的《昨非庵日纂》一書，其中談〈頤真〉一章，頗多警句。雖然距今為時已隔了數百年，但是有很多道理卻是千古不易。其中我最欣賞的有三段：

「省費醫貧；彈琴醫躁；安分醫貪；量力醫鬪；參禪醫想；獨寐醫淫；痛飲醫愁；讀書醫俗。此之謂國手。」

這一段，除了「痛飲醫愁」不足為法以外，你說，這是不是很好的處世做人和養生之道呢？

另一段是「口中言少，心頭事少，肚中食少，自然睡少。依此四少，神仙可了。」

再一段是「會做快活人，凡事莫生事。會做快活人，省事莫惹事。會做快活人，大事化小事。會做快活人，小事化無事。」

這兩段，也都是顛撲不破的金石良言。

綜合上述我最欣賞的三段以及〈頤真〉一章其他的內容，鄭瑄所提倡的養生之道，大概可以「清心寡慾，明哲保身」八個字來代表。「清心」就是戒貪、嗔、癡；寡慾就是凡事有節制。至於明哲保身，似乎更是不必多所解釋了。

反觀現代的人，日夜沉迷煙酒與牌桌，暴飲暴食；有人為逐名利不惜透肢體力；有人為求刺激而飛車過市。這些人，不只是慢性自殺，而且是在玩命了。讀了古人之言，能不惕然？

積極的人生觀

不知從那裡聽來一個不是笑話的笑話：一個青年要到非洲去賣鞋子。有人勸他說：「算了，非洲土人都不穿鞋子的，你那裡找得到推銷的對象呢？」青年人挺起胸膛，充滿自信的說：「就是因為他們沒有鞋子，所以我的鞋子才有銷路嘛！」

這是一則很簡單的故事，但卻給人以極深的啟示。到不穿鞋子的國度去賣鞋，一定失敗，這是一般人的看法。然而，青年人的看法卻來自不同的角度。他認為：正因為他們從來不曾穿過鞋子，所以，只要他略加說動，大家便會接受；那麼，他的鞋子還怕賣不出去嗎？

上面的兩種看法？代表了消極的人生觀與積極的人生觀。只不過遭遇一點點困難（甚至只是耳聞而還沒有親臨的），就認為沒有希望而洩了氣，這正是一般人的弱點，也是人之常情。這種人生觀是消極的，灰色的，保守的，苟且偷生的，安於現狀的，不求上進的，也是最要不得的。不幸，這卻是很多人都有著的共同觀念。

至於那位青年，他有著強烈的自信心，異於常人的觀察力，勇往直前的勇氣，知其不可而為之。他的幹勁與衝動，以及樂觀而積極的人生觀，在在都是他成功的條件。可惜，在這個世界上，有著跟這位青年人相同看法的人實在太少了。

積極的人生觀，會給你帶來快樂、幸福、光明與成功的前途。讓我們摒棄心頭上的憂愁與傷感，舒展眉心，展開笑靨，為自己創造一個愉快的人生吧！

談看電視

近年來，在宴會上常會有客人提前告退，原因是他們要家去看自己喜愛的電視節目。聽說，有些人還帶了小型提電視機去赴宴。時間一到，立刻打開，賓主同樂。這時，恐怕再好的菜也是食而不知其味了。

無可否認的，看電視已成為現代人生活的一部分。尤其在那段所謂「黃金時間」裡，多少人為了收看那些打打殺殺的連續劇而置正事於不顧；學生荒廢了學業；家庭主婦拋開了家務；有應酬的人極力想辦法推辭。我想：這恐怕是一家人在一日之內最集中的時候，這個時候去找人一定找得到。但是，也必定會遭到主人的白眼，因為你打擾了他。

由此我不禁發為奇想：那些打打殺殺的連續劇，豈不是使丈夫們安於室的最有效辦法嗎？我的一位男同事本來每天下班後都在外面流連忘返的，自從他迷上了某齣電視連續劇之後，便每夜準時回家，乖乖地陪著太太守在電視機前。這樣說來，太太們實在應該感激電視公司了。

日前報載，有一家祖、父、孫三代為了搶看自己的節目而大家爭奪不休。那位出錢剛買來這部彩色電視機的父親一氣之下，就把電視機砸碎了。——這則小故事表面看來是喜劇，實則卻是悲劇。一個人犯得著為一個電視節目而發那麼大的脾氣、鬧得父子失和、把數萬元付之一擲嗎？假使一個人已被電視節目控制了自己的生活，那麼他的生命還有什麼意義？

培養幽默感

偶閱《星期六晚郵》雜誌，其中有一篇小品是說一位家庭主婦搬家以後函邀他的好友闔家駕車來訪。在那封信的開端，她強調她的新居很好找，接著，便詳細的指示行車路線，原來竟是七彎八轉不用說，一會兒又說也許要改道，一會兒又說事實上某一條路根本只是樹林中的小徑。使人一面看一面忍俊不禁，對作者的幽默感深感折服。

我不說我們中國人沒有幽默感，但卻常以我們缺少幽默小品、喜劇性質的小說和高水準的喜劇為憾。而一般教育程度較低的人，在日常生活和言談方面，也只有胡鬧和惡作劇而不知有幽默。

缺乏幽默感的人的生活是可悲的，他會動輒動怒，事事鑽牛角尖，不懂得「一笑置之」、「處之泰然」的人生哲學。反之，具有幽默感的人卻很少知道煩惱為何事，他們終日心平氣和，從來不會愁眉苦臉。

在家庭生活中，要是人人都具有幽默感，這個家庭必定快樂而安詳。我的四個孩子因為和我十分親近，所以一直都是沒大沒小的，彼此經常亂開玩笑。其中以老二最有幽默感，他常常「發明」一些揉和國語和英語的怪異新名詞，有時則是故意把他所懂的閩粵方言用錯誤的發音說出，以逗人發笑。日久，我們居然都拾他牙慧，把他的「新名詞」和怪發音沿用下去，成為我家的專用語，也因此而增加不少樂趣。

多多培養你的幽默感，你的生命將會因此而變得更加美好。

恢復儉樸

財政部長李國鼎，日前在中國國民黨中央聯合紀念週上發表專題演講，呼籲國人改變衣食住行的觀念，勤儉節約，度過難關。語重心長，發人深省。

國人向有儉樸的美德，但是，由於近年來社會的安定，生活水準提高，而逐漸形成一股奢靡的風氣。在衣食住行方面，大家都講究享受，窮奢極侈，競尚浮華；與傳統美德背道而馳。

年在四十以上的中年人一定還記得：抗戰期間的婦女，不論年齡，只要有一襲藍布旗袍，就可出席任何場合，絕不寒酸。如今，即使一件質料很好的衣服，若式樣已過時，亦只能在家裡穿著。從前，一件成人的舊衣，可以翻個面修改為小孩的衣服。現在，誰還有這種閒工夫？就是孩子本身也不見得肯穿舊衣，因為別的小朋友都穿得花花綠綠的，誰肯後人？

吃的方面，應該只重營養，而不必重視那些價昂的所謂補品。主中饋的家庭主婦必須多吸收正確的營養知識，才能為一家人調配出價廉味美而又營養豐富的三餐。

由土屋、瓦屋、木屋而進步到今日的高樓大廈，固是值得我們驕傲的事；不過，目前在一般人的心目中，認為非花園洋房、豪華別墅不夠派頭，那就流於奢侈了。

至於行的節約，因為時代不同，我們既不能恢復從前的板車、轎子和人力車三輪車，有車階級也不多，這個問題只好由政府去解決。

能源短缺、物價飛漲，都是世界性的。我們只要能體念時艱，建立起新的觀念，恢復固有的儉樸美德，必能安然度過。

節約是美德

月前無意中在報上看到一則電訊，據說在世界性的經濟不景氣聲中，美國白宮的女主人也在研究節省之道了。福特夫人為了省糖、省肉而變動白宮的菜單；她把舊皮鞋染過再穿；她與女兒互換衣服……。

放下報紙，不由得感慨萬千。美國是世界上最富強的國家身為美國第一夫人的福特夫人還要節省；而我們這個社會，卻是愈來愈奢侈，節儉的人反而被目為寒酸。想想看，是不是我們比美國富有？

抗戰期間，吃「八寶飯」、穿布衣、住竹織批蓋房子的克難精神那裡丟了？遷臺不久，一家人擠住六疊榻榻米的小房間裡，想買幾尺花布都實不到的苦日子忘記了？社會安定、經濟起飛，生活水準提高了，難道就非驕奢逸樂不可？五萬元兩席酒菜、五百元一杯咖啡、二千元一客牛排，祖觀光客都嚇得傻了眼。吃的方面固然窮奢極侈；穿的方面也是拚命模仿歐美，唯巴黎馬首是瞻；住，更是備極豪華，盡情享受。一般人都是抱著「冷朝有酒今朝醉」的人生觀，只知及時行樂，對人生完全沒有遠大的理想。

在這種心理影響下，整個社會又怎麼不瀰漫著一股萎靡頹廢之風？又那像一個非常時期的社會？不要以為節約是小事，在個人而言，它是一種美德；在整個社會而言，便可以反映出這個社會風氣的糜爛或淳樸。

精神生活

近年來，由於本省生活安定，物價低廉，我發現：大家都沉湎於物慾之中而不再注重精神生活了。

對一個人的評價，大家只注意他的外表和地位；而不問他是否有高尚的品德。對一個家庭，只注意它是否有豪華的住宅；而不問它是否父慈子孝、兄友弟恭。在多數的客廳中，往往只有彩色電視機和酒櫃而沒有書櫥。在社交場合中，大家酒食徵逐，一擲萬金無吝色；但是，很少人願意花幾十塊錢去買一本小書、一份雜誌來充實自己的知識。

只知道拚命滿足物慾和感官上的享受，而忙得無暇去過精神生活，難道這便是工業社會中現代人的特色？

我真擔心有一天人類會變成了只會吃、喝、睡覺和工作的活機器。沒有人再寫書、印書和讀書。樂器只用來在歌廳和舞廳中伴奏。圖畫和藝術都只作為裝飾之用。沒有人再關心心靈的活動，沒有人再思想。

萬一真的有這麼一天，我不知道這還成什麼世界？尤其是我們這些把精神生活看得比物質生活更重的中國讀書人，將怎樣去適應呢？人到底不是機器呀！

談應酬

應酬者，用以衡量一個人在社會上地位高低的單位也。應酬愈多，社會地位愈高。要是有一個人一個月都接不到一張帖子，沒有一次飯局，則其地位之「低微」，交遊之不廣，可以想見。

現代人的應酬，真是包羅萬眾：參加婚禮、吃喜酒、祝壽、弔喪、同業聚餐、餞行、送飛機、探病、賀喬遷、賀開業固然是應酬；而為畫展或音樂會捧場、參加某些不得不開的會、題字、寫序、剪綵……也都是應酬。

為了這些應酬，有人整天到處奔跑，席不暇暖。也有人一連三四餐吃不到家常飯，以至壞了肚子。儘管如此，人們還是喜歡用應酬來裝飾自己的身分。他們嘴裡在嚷著：「唉！我忙壞了。應酬太多，真吃不消！」然而，臉上卻掩蓋不住那股洋洋自得之色。

一個人應酬的多寡，與他名片上所印的頭銜成正比，我名片上的頭銜只有一行，同時自己生性不好交際，所以應酬一向不多。只有一次的週末，中午有人請吃飯，晚上是自己作主人，不巧吃的又同是油膩濃鬱的湘菜，這可把我吃慘了。胃痛了一夜，次日食慾全無，看到食物就害怕；本來晚上還有一處喜酒要喝的，只好臨陣脫逃。

過多的應酬，不但有傷健康，而且把個人的自由都剝奪淨盡，實在想不出它有什麼好處。性情淡泊而「沒出息」的我，下班以後，處理家務之餘，只要有一個寧靜的晚上，給我讀讀書、聽聽唱片、看看自己喜愛的電視影集，就感到莫大的快樂了。

惜物與惜時

我把一個別人寄雜誌給我的牛皮大信封的正面貼上一張白紙，用來裝公事送給一位同事，那位同事又利用這個大信封的反面寫上我的名字，把公事辦好送還給我。一個年輕的同事看見了，覺得很奇怪，認為我們這種做法簡直是省儉得近乎寒傖。他說：一個信封值得幾個錢，幹嘛這樣吝嗇？

這位年輕朋友在生活安定的寶島上長大，從來不曾遭受到物質缺乏的痛苦（我不忍用「不知稼穡艱難」來形容他）；所以，他很難瞭解我們何以要連一個信封都要節省。事實上，年輕的一代已很少人知道節儉是一種美德了。

我也不知道自己的節儉習慣是從什麼時候養成的。小時候，我的物質生活並不貧乏，抗戰時也很幸運的沒有吃過太大的苦頭。但是，我從不浪費一張紙、一塊布，甚至一根線。所有的東西，我務必利用到無法再利用為止。「物盡其用」，我可當之無愧，我就是無法忍受自己或者別人「暴殄天物」。

從惜物的行為，我又聯想到惜時。我覺得：浪費時間，又比浪費物力更不可寬恕。因為物質浪費了尚可補償，時間浪費了便無法追回。

有些人，對時間毫無觀念。早上睡懶覺，日上三竿猶未起。有人在電視機前面一坐幾個鐘點。有人嬉遊終日，無所事事。至於把大好光陰虛擲在賭博、跳舞、酗酒等不良嗜好上的，更是一種自暴自棄的行為。而我，卻是一分一秒都要斤斤計較。我往往利用等公車的時間來觀察眾生相，或在思考問題。我經常利用做家事或在半夜睡不著的時間來寫文章打腹稿。我每天的時間十分緊湊，最怕的是那些閒極無聊的人來找我清談。他們可以一蓋一兩小時無倦容，而我被浪費的光陰卻無法計算了。我既惜物，也更惜時，即使有潮一日我擁有揮霍不盡的物質與享用不盡的閒暇，「吝嗇的習慣」相信還是改不過來。

旅遊雜感

春節期間出去旅行了兩天，所到之處，公路上遊覽車絡繹不絕，各地名勝古蹟，遊人如織。足見國人對旅行的興趣已日漸濃厚，而大家的生活水準亦普遍提高，這是一個非常可喜的現象。

我這次旅行，是參加旅行團。這種集體旅行方式，省錢亦省時間，值得提倡。美中不足的是，參加的份子知識水準不一，無法把秩序維持得十分良好。最令人遺憾的還是小部分人的沒有時間觀念。每次下車遊覽，總有一兩個人不遵守上車時刻，往往要全車人枯坐等候，以至延誤了行程。這種沒有公德心的人，實在，沒有參加集體行動的資格。

說到公德心。各名勝古蹟都設有很多的廢物箱，而那些不遵守公共道德的人，竟連舉手之勞都不願做，把果皮、食物殘渣和紙屑丟得滿地都是，以至形成了遊人愈多的地方就愈髒的現象。名山勝水被汙染，西子蒙不潔，真是現代人的恥辱。

出門旅行的人，多數對金錢不大計較，這便造成了商人乘機大敲竹槓的良機。觀光地物價的高低，與遊人的多寡成正比；那地區的名氣愈大、遊客愈多，物價也就愈貴，有時簡直貴得離了譜兒。我認為政府對觀光區的物價有加以管制的必要，以免遊客花太多冤枉錢，也免得給予外來觀光客以不良印象。

此外，有一件事我想順便在這裡一提。本省的遊覽車，不知是誰作俑，導遊小姐慣例沿途唱歌。近年，這種風氣更演變成小型同樂會，不但導遊小姐唱，而且還要求乘客唱。導遊小姐手執麥克風，向乘客輪流點名。雖然有些年輕愛熱鬧的乘客喜歡起鬨；但是，絕大多數乘客是不願意在陌生人面前表演的。因此，這種強迫性的小型同樂會既會使得不愛聽歌，也不愛唱歌的乘客受窘，又吵得他們耳根無法清靜，還是取消為妙。導遊小姐的職責只是沿途指點風景名勝，並非晚會主持人，這一點必須認識清楚，使乘客能夠充分享受到旅遊之樂。

漫談寫信

自從四個孩子相繼離家以後，寫家信便變成了我的日課之一，就算平均一個人半個月一封吧，一個月也要有八封信要寫。加上住在海外的長輩必須按時請安，親人得時常通音問；於是，我就成了郵局的經常顧客。有人說，寫信是少年人的玩意兒。可不是？看他們交筆友交得那麼起勁。至於我們這些中年人，即使對一位遠地的朋友有多麼想念，也總是懶得提筆。忙是一個原因；生活刻板，乏善可陳也是一個原因。而最主要的，是沒有那種心情了。

十年前，一位久居國外的長輩返臺定居，但是，她的兒女都留在海外。每次去她家，我總看到她用打字機夾著兩份複寫紙打英文信給她的兒女。她對我嘆氣說：「人老了，沒有精神寫信，只好每次用複寫寄給他們，反正要說的話都一樣嘛！」當時，我覺得很可笑，家信跟公事不同，怎能用複寫？如今，我雖然還沒有老到像那位長輩的地步。不過，對寫像也已沒有興趣了。只是，我有什麼，辦法不憑魚雁來傳達我對身在異國和異鄉的孩子們的愛呢？

我是一個凡事講求簡單明瞭的人，所以，寫信也是簡單扼要，不喜囉嗦。有一次，在公事上回覆一個女孩子的信，因為在她冗長的來信中只問一個問題，我既用兩句話給她答覆了。結果，這個女孩居然再度來信罵我「用不耐煩的語氣回答，使她十分傷心」。天曉得，這是公事，要怎樣回答才算是「耐煩」呢？不過，這次總算給我一個教訓：要簡單，也得看對象；遇到那些患了嚴重自憐症的人，還是嘮叨一點吧！

回信的禮貌

一位剛剛服完兵役的大學畢業青年寫信給我，訴說他一進入社會就遇到挫折，他沉痛地說：「這個社會對年輕人根本就不重視，我覺得我的自尊心已完全被粉碎。」

這位青年是一間國立大學頗為熱門的學系的畢業生，不過，由於他的社會關係不夠好，沒有人給他介紹職業；所以，退伍後只能在報上的人事小廣告中去找合適自己的工作。從七月初到現在，他一共發出了十幾封應徵信，結果，除了一封有回音，說什麼「因名額所限，未能錄用，至以為歉」等語，同時，也把他的履歷、自傳和照片退還之外；其餘的十多封，都如泥牛入海，變得無影無蹤。而這些徵求職員的機構，有些還是規模相當大的。

這位青年又說：他也曾寄過好幾封信向國外的大學索取入學資料。這些大學，幾乎全部都立刻寄來一大疊資料，以後，他凡是有疑問而去信查詢的，他們都一律立刻作覆，回信的語氣也都很誠懇。他說，這些信都沒有回郵，人家都熱心地回覆，我們這邊，為什麼對一個求職者卻如此的吝嗇幾句話呢，他說，他後悔白讀了十六年的書，要不然，靠著勞力去做個小工，也總比現在失業在家，變成無業遊民的好。

我很同情這位青年的遭遇，我也深深的體驗到，我們這個社會，對於回信的禮貌還不十分重視。有很多人，以疏懶為藉口，對來信從不作覆。若是私人的信，頂多得罪了親友，這也罷了。像這類公開徵求的信，若不回覆，不但會被人誤為騙局，而且的確也有傷應徵者的自尊心。也許徵求者因為收到太多的信而感到無法應付，但是，應徵者卻是眼巴巴地等候著回音啊！

我們一向自詡是有著五千多年文明的國家；然而，有許多地方，卻顯然沒有西洋人那樣尊重別人，那樣禮貌周到。關於這一點，我們實在應該自我反省一下。

書信與電話

那天，為了要找一份證件，我曾在家裡翻箱倒篋了一遍。結果，證件沒有找到，卻趁著這個機會，重讀了很多友人的來信。當我坐在翻得亂七八糟的臥室裡，手中拿著發黃的信紙，眼看著熟悉的字跡時，便彷彿時光倒流，和這位友人一室晤對，親切談心。重享友情的溫暖，倒變成了意外的收穫。

讀友人信，無疑是一樁樂事；可惜，近年來由於電話的普遍裝設，大家對寫信已沒有興趣了。以現代人的眼光看來，寫信簡直是費時失事，而電話卻可以立即解決又何必捨「近」圖遠呢？

不過，打電話也不見得次次順利。有時對方不在，有時電話佔線；同時，也有不便打擾的時候。太早太晚，怕擾人清夢；三餐和午睡的時間也最好不要妨礙人家。私人聊天，不應該打到辦公廳；有公事相商，卻又不應該在下班後打到住家去。有了種種顧忌，能夠跟朋友通話的機會也就不多。有時，打幾次電話都找不到，想跟對方談話的那股衝勁已經消失，除非是很重要的事情，往往就因此作罷。要是寫信嘛！雖然慢一點，只要沒有寄失，卻是一定到達，不會像打電話那樣有始無終、半途而廢的。

寫信還有一樣好處，就是一些不好意思開口的事，寫在紙上，似乎就比較不那麼尷尬。此外，對那些生性木訥、不善口才的人，寫信也比較可以藏拙。

我喜歡在電話中聽到友人親切的聲音，但也喜歡在書信中親覓到友情的溫暖。

借一杯糖

早上正在後面陽臺晾衣服時，忽然聽見附近有爭吵的聲音。探頭一看，原來是不遠處一家二樓的住戶跟三樓的住戶在對罵。二樓住戶剛把洗乾淨的衣服用竹竿跨到對面在曬晾著，三樓的人卻把沖洗陽臺的髒水濺得那幾竹竿雪白的衣服變成了斑斑點點。二樓的人當然光火，大罵三樓的人沒有公德心，三樓的人卻不肯認錯，說誰叫你們把竹竿伸到外面來，我要洗陽臺，怎能保證髒水不濺出去？

就這樣，公說公有理，婆說婆有理的各執一辭，互不相讓，把所有難聽的髒話都罵了出來，把對方的祖宗三代也都罵過，還是沒有結果。我真擔心，雙方之一誰有心臟病的，會不會就此一氣倒地不起。我更擔心，同一座樓梯上下的人，下一次碰了面，將是何等難堪而尷尬！

「遠親不如近鄰」這句老話，真是至理名言。尤其是住在公寓房子裡的人，更應該注重睦鄰之道，鄰裡之間，大家都本著守望相助的精神，和睦相處。因為，誰也不知道，自己是不是有一天會需要鄰居的照顧。

要是動不動的為了些雞毛蒜皮的小事就和鄰居大動干戈，不但容易結怨於人；而且也顯得自己胸襟狹窄，修養不夠，對於年幼的下一代，更是具有極不良的影響。

西洋人為了要跟鄰居打交道或表示親善，往往以「借一杯糖」來開始彼此之間的友誼。我們雖是一個以人情味濃見稱的社會，但是由於現代生活的繁忙，鄰裡之間，也漸漸變得老死不相往來，住在隔壁的兩家人，一兩年下來，可能還只是點頭之交。「各人自掃門前雪」慣了，對鄰居漠不關心，這正是小偷越來越猖獗的原因。從今天起，我們何不向鄰居的主婦也「借一杯糖」呢？

勞心與勞力

作為一個職業婦女兼家庭主婦的我，生活固然十分忙碌，但是，我卻不覺得苦。因為，在上辦公的時候是勞心；在做家務的時候是勞力。勞心的時候我休息體力；勞力的時候我休息我的精神。兩者不但不會衝突，相反的，正好互相調和。

每天早上起來，我準備一家人的早餐、曬晾衣服、打掃屋子、到了要出門上班的時候，已經相當的累。不過，我想到可以坐在車上休息，到了辦公廳又要坐一整日，於是，我把這些家務當作是我的晨操，而不以為苦。

到了下午下班的時候，我用了大半日的腦筋，而體力卻幾乎沒有用過，這時，我便感覺到非立刻把身體活動活動不可。每天，我一定要多走十幾分鐘的路才搭車，縱使走得滿身大汗；然而，那兩條坐得幾乎麻木了的雙腿經過這一番的運動，其舒服卻是不可言喻。

有人認為：在辦公室忙了一天，回到家裡必須要休息一番才可以下廚做飯；但是，我卻沒有這個必要。因為在辦公聽的一整天，能消耗的只是腦力，體力已得到了充分的休息。因此，我每天下班回家，把皮包一放，便繫上圍裙，入廚做飯。總是一直忙到八點多鐘。等到碗盤洗過了，廚房收拾乾淨了，自己也洗過澡了，這時，往沙發上一坐，先看晚報，再看喜愛的電視影集，才算是身心都正式鬆弛下來。

二十幾年來，我對這種勞心與勞力交替的生活已經習慣了，有一天，假使要我離開辦公廳而完全走進廚房，那我一定會痛惜自己的頭腦太無用武之地。或者有一天，我的家務有人代庖，我完全不必插手，那我又害怕自己的手腳會漸漸退化！

慾望的節制

及時行樂，人生幾何，是一般縱慾者和物質至上者的生活信條。尤其是每當世紀末的時代，一些享樂主義者更是過著只知有今夕，不知有明朝的糜爛生活，遂使社會上充滿了一股委靡墮落的歪風。

他們的藉口是：人生不過數十寒暑，除了童年和老年，能玩能吃的又不過只有三四十年，趁著年富力強時享受享受，有什麼不對呢？沉迷於麻將牌中的人說：我生平無所好，只不過偶爾打打小牌，我為什麼要抑制自己？愛喝酒、愛抽煙的人也都這樣解嘲；於是，縱慾的人，盡情享樂，盡情揮霍，人人只知享受，只慕虛榮。豪門富戶的窮奢極侈不用說，靠薪水為生的小職員也學會了動不動就在夜總會宴客，非洋貨不用，非洋貨不穿。

當然，在自己的經濟能力內，稍微享受享受，並無不對，不過，要知道物慾是無止境的，有了洋房，便想汽車；有了鑽戒，便想皮裘。而情慾最能傷身；名利的慾望又會使人迷失本性。當一個人沉淪在慾海裡之後，不但痛苦，甚至永遠不得超生。世間一切罪行：貪汙、枉法、殺人、竊盜等等，無不是由於想滿足自己的慾望而起。想想看，這有多可怕！

古人說：「食毋求飽，居毋求安」，就是叫人節制慾望的意思。「居毋求安」雖然已不合時代要求，但是，「食毋求飽」卻是至理名言，暴飲暴食與太過貪吃都是腸胃病的根源，對飲食節制點，正是養生之道。

一日三餐夠營養；居室合乎衛生與舒適的條件；衣履整齊清潔；每天有適當的休息與娛樂。一個人的生活能夠達到這個標準，應該就已滿足。有多餘的金錢與時間，何不用來做有意義的事？為什麼要浪費在享樂上面？

以我個人而言，早上多睡半個鐘頭，都覺得是一種奢侈的行為，一種過度的享受。因為我覺得：睡眠也以適度為宜，貪睡就等於縱慾了。

動極思靜

近來，有很多各式各樣的展覽會在吸引著我，像兒童畫展、設計展、建築展、插花展等等，我都是極有興趣而很想前往參觀一番的。但是，身為職業婦女，總不成請假去看吧！等到星期天，有時，展覽已經結束了；有時，有家務等著要處理。於是，就只好這樣安慰自己，下次有機會再去看吧！然而，下一次是否真的有機會，那就只有天曉得了。

人都是有著靜極思動，動極思靜的心理的。婚後二十幾年，我幾乎都是一直身兼家庭主婦和職業婦女兩職。近四五年來，我對這種內外兼顧的「雙重人格」生活實在厭倦到了透頂，渴望能夠從辦公廳走回廚房。那時，我就可以自由自在地過日子；不必趕不必擠公車；不必下班回家後、還要拖著疲累的身體去匆匆忙忙地趕晚餐；我可以整天在家，不必怕小偷闖空門；不必……。最重要的是，我可以自由分配我的時間，隨時想做什麼就做什麼。那時，我就可以把全市每一種展覽會都看個痛快。

也許有人會擔心，多年來天天上班慣了，忽然有一天閒在家裡，是否會感到無聊呢？我不知道別人怎麼樣，我自己卻是絕對不會的，我想做的事情可多哪！我要利用那些空暇來讀書、寫作、習畫、聽音樂、蒔花、佈置房屋；我還要整理那些多年沒有整理的照片；把多年來所收集的郵票來分類；我還要學做紙花和緞帶花。當然，我還要去遊遍寶島的名勝，去參觀所有的畫展，去欣賞每一個音樂會。去拜訪每一位平日沒有機會見面的親友。

我的興趣是這麼廣，我要做的事情是那麼多。您說：我怎會無聊？

時間的奴隸

拜主義者以金錢為萬能，事實上，世間上也有金錢買不到的東西：那就是健康與時間。

我因為先天不足的關係，從小就身體孱弱；但是，想不到結婚生子之後，也許是由於「為母最強」吧，身體反而日漸強壯起來。及至邁入中年，同年齡的親友大都多少有點毛病，常靠藥物維持，而我，僥天之倖除了傷風感冒之外，到現在還沒有發現有什麼不對勁。

有了金錢所不能買的健康，固然令我沾沾自喜；可惜的是，另一種金錢買不到的東西——時間，卻是我最欠缺的。

人譏一毛不拔的人為守財奴，而我，卻常常自嘲為「時間的奴隸」。在我的半生中，自從身兼家庭主婦與職業婦女兩職，而同時又走上了搖筆桿這條路子以後，時間對於我，就成為世界上最寶貴的東西。多少年來，我已變成了一個對時間最吝嗇的人，我從不把時間浪費在無聊的事情上，與人閒談，也算是一種奢侈的行為。

在家裡，我固然每一分鐘都有每一分鐘的用處，在辦公室，如有閒暇，我也會充份利用。晚上坐在電視機前，每次播放廣告時，我也要利用這短短的時間來看晚報和雜誌。及至躺在床上，身體雖然休息了，腦子卻還在活動，因為我還為未完成的小說構思，或者為某一件要進行的事情作計畫。

一個人成為了一個時間的奴隸之後，真是苦不堪言，等於失去了自由。我恨自己為人的過分緊張與呆板，希望能夠學學別人的輕鬆與灑脫。

四肢要勤

每逢週末夜，芳鄰們的牌聲處處可聞，通宵達旦，非到星期日的深夜不歇。由此可知，打麻將已成一般市民最普遍的消遣，很多人已沉迷於此而不自覺。

搓牌聲擾人清夢、妨礙別人安寧其事小，戕賊自己的健康才是愚不可及。一般成年人，尤其是坐辦公廳的朋友，一天到晚幾乎都是端坐不動；上下班代步有交通車、公車或者機車；回到家裡，電視機前一坐，直到上床。如此一來，一天之內就簡直沒有走路或活動四肢的機會；假使週末再坐上一晝夜的牌桌，後果如何，那還用說？

人體猶如機器，不用就會生繡。古人所說的：「流水不腐，戶樞不蠹」，就是這個道理。那些整天坐在家裡納福，茶來伸手、飯來張口的人，往往是藥罐子，是醫生的常客。而一般操勞家事的主婦以及需要使用體力的人卻較少生病。報上所登載的那些壽享遐齡的人瑞，他們的長壽秘訣不是都說：「起居有規律，不嗜煙酒，多勞動，少煩惱」嗎？

一般進入中年的人之所以多病，也完全是由於缺乏運動而起。假使他們能像少年時那樣活躍，那樣蹦蹦跳跳，病魔將無機可乘。

很多人為了體面，不願走路，一出門就坐計程車，這也是斷絕自己運動機會的愚行。以我自己為例，坐了一天辦公廳之後，回到家裡，我絕對不坐下來休息而盡量在操作家務；一有時間，就爭取步行的機會，務求自己腦力與體力的消耗保持平衡。多年以來，我都保持著這個習慣；所以，我的健康情形遠較同年齡或較年輕的人為佳。四肢要勤，這才是衛生之道。

美的欣賞

每天坐兩趟公車上下班，在這耗費於路上的一個多鐘頭裡，也許有人會感到很枯燥無味；但是，由於我常常用「靜觀萬物」的心情來打發這段時間，我不但不會感到無聊，反而覺得頗有樂趣。

同車女客的儀容服飾是我欣賞的主要對象。每一次，我都可以欣賞到各種不同的美：那位太太的皮鞋樣子很好看；那位小姐的一雙玉腿長得好修長；那位女士的衣料圖案多別緻；那位女大學生的一頭頭髮又是多麼柔軟烏黑！當然不是每一個人都美若天仙；可是，我可以從每一個人的身上都發掘出一兩種優點。

馬路旁邊有一個專賣盆花和盆景的攤子。每天早上，幾十盆紅色、白色、黃色、紫色的花卉在朝陽下爭妍鬪麗，真是令人目眩。每次坐車經過，總要欣賞一番。真感謝這位風雅的花販，他不知給予了我多少美感。

此外，安全島上的花木、人家陽臺上的盆花、裝飾得比較夠藝術的商店櫥窗等，也都是我欣賞的對象。在賞心悅目之餘，我就會感覺到這個世界異常的美好。

說到櫥窗，我認為逛櫥窗也是美的欣賞之一。我把櫥窗裡那些可愛的陳列品當作是一件一件的藝術品；不過，我只是盡情瀏覽而並不想佔有它。因為，得不到的東西都是好的，一旦到手，就無啥希奇了。

用愉快的心情來觀察萬物，所得來的印象都是美好的。所謂「萬水靜觀皆自得，四時佳興與人同」，就是這個道理。屋瓦上一隻啁啾的小麻雀，牆角的一株小草，地上的一叢野花，在懂得欣賞人的眼光裡，都是一幅絕妙的圖畫。

世界上美好的事物太多了，你何不靜靜地做一個欣賞者呢？

簡化生活

孩子到國外去了兩年。他回來後，我發現他變得極會照料自己，做事有條不紊。足見生活的磨練，是可以使人成熟的。

他說，他在國外已習慣於過簡單而節儉的生活。譬如說：他洗臉只用一塊小方巾，這樣就等於節省了半條毛巾。睡的是一張迷你床，比普通床窄了三分之一，既節省空間，價錢又比較便宜。大部分時間，三餐都吃牛奶、三文治和現成的食品。一雙涼鞋，既是外出鞋，又是拖鞋。

在家的這些日子裡，他一早就起來，幫我掃地抹桌子，做得又快又乾淨利落。比起他那兩個茶來伸手、飯來的弟弟，簡直是判若雲泥。

我也是個喜歡過簡單生活、講求工作效率的人；但是由於國內悠閒而物質豐富的環境，有時也難免耽於安逸、貪圖享受。比起一般人，我自覺有如清教徒；但與兒子一比，他又簡直是個苦行僧了。

一般認為人生一世，若過於苛待自己，未免太笨。可是他們不瞭解，若太縱容自己，肉體和靈魂兩方面便都會趨於腐化而墮落，這就是何以出家人都較俗人健康長壽的理由。

把生活簡化一點，多留一些時間去做有益身心的事，豈不比把有限的人生花在吃喝玩樂上有意義得多嗎？

尋回自我

吃過晚飯，往電視機前一坐，不論節目好壞，總是坐到上床以前。這種生活，幾乎已成為今日一般人典型的消遣方式。比較好動的，則三五成群，或上館子，或進電影院，或泡咖啡座，或留連歌廳。喜歡刺激的，更是沉迷牌桌，甚至從情聲色場所。他們消遣的目的，只為了殺時間，為了滿足感官的享受。他們只知有今日，不知有明天，心甘情願把自己迷失在這個花花世界裡。

在農業社會的時代，或者僅僅是在還沒有電視機以前，一般人的精神生活要比現在充實得多了。一本好書，往往是燈下最佳的良伴。要不然，闔家團坐，談談笑笑、唱唱歌、吹吹口琴、說說故事、猜猜謎，其樂也是融融。此外，對弈、繪畫、練字、打球、種花、攝影……等等，都是大家喜歡從事的陶冶性情、有益身心的活動。

那個時候，生活較為簡單，應酬也不像今日的頻繁，物質上雖然貧乏一點，精神卻是愉快的。如今想起來，害癌症的人似乎也沒有現在的多哩！

物質文明愈進步，精神文明就愈沒落，這恐怕就是工業社會和現代人的悲哀了。在忙碌緊張的生活中，每天作適度的鬆弛是有其必要的。但是，假使為了鬆弛而一味追求享受與刺激，讓精神依舊空虛，使心靈逐漸枯萎，這豈不是太可悲了嗎？迷失了的人兒，趕快尋回你的自我吧！

畢璞全集・散文09　PG1275

冷眼看人生

作　　者　畢　璞
責任編輯　陳佳怡
圖文排版　周妤靜
封面設計　楊廣榕

出版策劃　釀出版
製作發行　秀威資訊科技股份有限公司
114 台北市內湖區瑞光路76巷65號1樓
電話：+886-2-2796-3638　傳真：+886-2-2796-1377
服務信箱：service@showwe.com.tw
http://www.showwe.com.tw
郵政劃撥　19563868　戶名：秀威資訊科技股份有限公司
展售門市　國家書店【松江門市】
104 台北市中山區松江路209號1樓
電話：+886-2-2518-0207　傳真：+886-2-2518-0778
網路訂購　秀威網路書店：http://www.bodbooks.com.tw
國家網路書店：http://www.govbooks.com.tw
法律顧問　毛國樑　律師
總 經 銷　聯合發行股份有限公司
231新北市新店區寶橋路235巷6弄6號4F
電話：+886-2-2917-8022　傳真：+886-2-2915-6275

出版日期　2015年3月　BOD一版
定　　價　310元

Printed in Taiwan

國家圖書館出版品預行編目

冷眼看人生 / 畢璞著. -- 一版. -- 臺北市 : 釀出版,
2015.03
面 ;　公分. -- (畢璞全集. 散文 ; 9)
BOD版
ISBN 978-986-5696-78-8 (平裝)

855　　104000348

讀者回函卡

感謝您購買本書，為提升服務品質，請填妥以下資料，將讀者回函卡直接寄回或傳真本公司，收到您的寶貴意見後，我們會收藏記錄及檢討，謝謝！如您需要了解本公司最新出版書目、購書優惠或企劃活動，歡迎您上網查詢或下載相關資料：http:// www.showwe.com.tw

您購買的書名：________________________________

出生日期：_______年_______月_______日

學歷：□高中（含）以下　□大專　□研究所（含）以上

職業：□製造業　□金融業　□資訊業　□軍警　□傳播業　□自由業

□服務業　□公務員　□教職　□學生　□家管　□其它____

購書地點：□網路書店　□實體書店　□書展　□郵購　□贈閱　□其他

您從何得知本書的消息？

□網路書店　□實體書店　□網路搜尋　□電子報　□書訊　□雜誌

□傳播媒體　□親友推薦　□網站推薦　□部落格　□其他________

您對本書的評價：（請填代號　1.非常滿意　2.滿意　3.尚可　4.再改進）

封面設計____　版面編排____　內容____　文／譯筆____　價格____

讀完書後您覺得：

□很有收穫　□有收穫　□收穫不多　□沒收穫

對我們的建議：________________________________

____

____

____

請貼
郵票

11466
台北市內湖區瑞光路 76 巷 65 號 1 樓
秀威資訊科技股份有限公司 收
BOD 數位出版事業部

（請沿線對折寄回，謝謝！）

姓　名：＿＿＿＿＿＿＿＿　年齡：＿＿＿＿　性別：□女　□男

郵遞區號：□□□□□

地　址：＿＿＿＿＿＿＿＿＿＿＿＿＿＿＿＿

聯絡電話：(日)＿＿＿＿＿＿＿＿　(夜)＿＿＿＿＿＿＿＿

E-mail：＿＿＿＿＿＿＿＿＿＿＿＿＿＿＿＿